藍小說 ⑨②②

村上春樹作品集

人造衛星情人

村上春樹著　賴明珠譯

人造衛星情人

人造衛星

Sputnik

1957年10月4日，蘇聯從哈薩克共和國的貝可諾（Baykonur）太空基地發射世界第一枚人造衛星Sputnik號升空，直徑58公分，重83・6公斤，以96分12秒一周的速度環繞地球飛行。

次月3日載著萊卡犬的Sputnik 2號也發射成功。這是有史以來升入太空的第一個生物，但因衛星無法收回，而成為太空生物研究的犧牲者。

（摘自講談社《世界全史年代記》）

1

22歲的那年春天，小堇有生以來第一次開始戀愛。就像筆直掃過廣大平原的龍捲風一般熱烈的戀愛。那將所到之處一切有形的東西毫不保留地擊倒，一一捲入空中，滿不講理地撕裂，體無完膚地粉碎。而且刻不容緩毫不放鬆地掠過大洋，毫不慈悲地摧毀高棉的吳哥窟，熱風將印度叢林中整群可憐的老虎燒焦，並化爲波斯沙漠中的狂沙暴，將某個地方少數民族的城邦要塞都市整個掩埋在沙裡。一個壯觀的紀念碑式戀愛。至於戀愛對象則是比小堇大17歲的已婚者，再補充說明的話，是一位女性。這是一切事情開始的地方，也（幾乎）是一切事情結束的地方。

小堇當時爲了成爲職業作家而名副其實地正在辛苦奮鬥中。這個世界儘管有這麼多可以選擇的人生途徑，但自己應該走的除了小說家之外別無其他的路。這個決心就像千年岩石一般堅硬，毫無妥協的餘地。她的存在和文學信念之間，夾不進一絲毫毛的空隙。

小菫從神奈川縣的公立高中畢業之後，就進了東京都一家小型私立大學的文藝系。然而那怎麼想都不是適合她的學校。那所大學的非冒險性和溫室般不實用的——當然是只對她來說不實用的——一切事情的做法都讓她打從心底感到失望。周圍的學生大半都是無可救藥的無聊而平凡的二級品（老實說我也是其中之一）。因此，小菫上三年級以前就乾脆休學，從校園消失了。她得到一個結論，在這種地方待下去只有無謂的浪費。我想也是吧。不過如果讓我發表一下平凡的一般論的話，在我們這個不完美的人生裡，多少也需要一些無謂的浪費。如果從不完美的人生中除去一切無謂的浪費的話，那就不算不完美了。

以一句話來說，她是一個無可救藥的浪漫主義者，既頑固執迷又習慣嘲諷，說得好聽是不懂得人情世故。一旦開始講起話來就沒完沒了，可是遇到不投緣的人（也就是構成世間的大多數人）時卻難得開口。煙抽太多，搭電車時總是把車票搞丟。一想到什麼事情時，經常有忘記吃飯的傾向，長得像以前義大利電影中出現的孤兒一般瘦，只有一對眼睛卻骨碌碌地靈活轉動。與其用語言說明不如眼前有照片可以看，只可惜一張也沒有。她極端討厭照相，而且也沒有特別為後世留下「年輕藝術家肖像」的希望。如果有當時小菫的照片的話，我想那一定會成為有關人類可能擁有某種特質的極難得的紀錄。

話題扯遠了，說到她戀愛對象那個女的名字叫做「妙妙」，大家都以這個親暱名稱叫她。本名不清楚（由於不知道本名，所以後來無從查起我也頗傷腦筋，不過這是以後的事）。以國籍來說是韓國人，不過她從二十幾歲決心開始學韓國話以前幾乎一句也不會講。因爲生在日本長在日本，又到法國音樂學院留學，因此除了日語之外還會流利地說英語和法語。經常一身亮麗洗鍊的穿著打扮，毫不造作地佩戴小而高價的飾品，開十二汽缸的深藍色Jaguar。

第一次見到妙妙時，小堇談到傑克・克羅阿克（Jack Kerouac）的小說。當時她正沉迷於克羅阿克的小說世界。雖然她會定期更換文學偶像，但當時的對象正好是有些「過氣」的克羅阿克。她經常在上衣口袋裡塞一本 *On the Road* 或 *Lonesome Traveler*，一有空閒就拿出來翻。如果看到有意思的一節，就用鉛筆在那裡作記號，像有用的經文般背下來。其中最打動她心的是在 *Lonesome Traveler* 裡監視山林火災的事。在孤立的高山頂上一個小屋裡，克羅阿克正在當山林火災監視人，孤伶伶地在山上過了三個月。

小堇引用了其中的一節。

「人在一生之中應該有一次到荒野裡去，經驗一下健康，卻甚至有幾分無聊的孤絕。發現自己只能依存於完全孑然一身的自己，然後才會認清自己真實的、隱藏的潛力。」

「你不覺得這很棒嗎？」她跟我說。「每天站在山頂上，360度俯瞰一圈，確定沒有任何山上在冒黑煙。一天的工作只有這個而已。然後就可以痛快地看自己喜歡的書，寫小說。到了晚上毛茸茸的大野熊在小屋周圍繞著徘徊。那才眞是我所追求的人生。跟這比起來大學文藝系簡直像小黃瓜的蒂頭般微不足道。」

「問題是，不管是誰總有一天都非要下山來不可。」我陳述我的意見。不過她的心依然像平常那樣，似乎並沒有被我現實而平凡的見解所打動。

要怎麼樣才能像克羅阿克小說中出現的人物一樣，變得野性、冷酷而精力過剩呢，小堇傷著腦筋認眞思考。她雙手插在口袋裡，頭髮故意猛抓得蓬蓬亂亂的，視力並沒怎麼差，卻戴著像迪吉・葛拉斯彼（Dizzy Gillespie）戴的那種賽璐珞黑框眼鏡，空虛地瞪著天空。她通常都穿著像從舊衣店買來的鬆垮垮的斜紋毛西裝，粗重的工作靴。如果臉上能長得出鬍子的話，相信她也一定會留鬍子。

小菫以一般標準來說並不算美。臉頰太瘦，嘴巴有點太寬。鼻子小而微微往上翹。表情豐富，喜歡幽默，但幾乎沒有放聲大笑過。個子矮小，就算心情好的時候說話也一副愛衝撞頂嘴的樣子。我想她有生以來大概從來沒有拿過一次口紅或眉筆之類的。我很懷疑她是不是正確知道胸罩也有尺寸這回事。雖然如此小菫還是有某種吸引人心的特別東西。至於那是什麼樣的特別東西，則很難用言語說明。不過盯著她的眼睛看時，總有那種東西反映出來。

我想還是事先聲明好了，我在暗戀小菫。從第一次交談開始，我的心就被她強烈吸引了，而那逐漸變成無法挽回的情緒。對我來說也等於長久之間心裡只有小菫。當然，我好幾次都想把這種心情傳達給她。不過面對小菫時，卻不知道爲什麼總是無法把自己的感情轉換成適當意思的語言。不過結果，那對我來說或許是一件好事。因爲就算我能適當地把我的心情表達出來，小菫一定也只不過大笑一場而不當一回事吧。

我跟小菫以「朋友」交往的期間，也和兩個或三個女孩子交往過（並不是記不得人數了，只是依照算法的不同，可以是兩個或三個）。如果加上只睡過一次或兩次的對象的話，那名單就要稍微加長了。在跟她們身體接觸的時候，我經常想到小菫。或者應該說，腦子的角落多多少少總會閃現小菫的影子。也曾想像我抱著的其實是小菫。當然這或許是不正當的。不過在正當不正當之前，就是沒辦法不這樣想。

話題回到小董和妙妙的相遇吧。

妙妙聽過傑克·克羅阿克的名字，也隱約記得是一位作家。但若要問是怎麼樣的作家，則想不太起來。「克羅阿克、克羅阿克……那，是不是寫人造衛星Sputnik的那個人？」

小董搞不清楚話題的前後。手上的刀叉一時還停在空中，她想了一下。「人造衛星？說到Sputnik，就是1950年代第一個飛上太空的蘇聯人造衛星吧？傑克·克羅阿克是美國小說家，不過以時代來說，是重疊一致的。」

「也就是說，當時那方面的小說家，不是以那個名字稱呼的嗎？」妙妙說。而且，好像在記憶的壺底探索似地，用指尖在桌面畫著圓圈。

「Sputnik……？」

「那種文學流派的名字。不是經常有什麼派之類的嗎？就像〈白樺派〉似的。」

小董終於想到。「Beatnik。」

妙妙用餐巾輕輕擦一擦嘴角。「Beatnik、Sputnik……我總是忘記這類的用語。〈建武中興〉，〈Rapallo條約〉什麼的。不管怎麼說，這些都是老早以前發生的事對嗎？」

彷彿暗示著時光流逝般，暫時有一小段輕微的沉默。

「Rapallo 條約？」小菫說。

妙妙微笑著。好像很難得才從某個抽屜深處拉出來似的，令人懷念的親密微笑。眼睛瞇細的樣子很美。然後伸出手來，用細長的五根手指把小菫蓬亂的頭髮撩弄得更亂一些。一副毫不造做的自然動作，小菫也不禁被惹笑了。

從此以後小菫就在心裡把妙妙叫做「Sputnik 情人」。小菫很喜愛這詞語的發音。這讓她想起萊卡犬來。在太空的黑暗中無聲地飛行的人造衛星。從小小的窗口往外窺探的小狗那一對明亮的黑眼睛。在那無邊的太空式孤獨中，小狗到底看見了什麼呢？

那 Sputnik 話題的出現，是在赤坂一家高級飯店舉行的小菫表姊的婚禮喜宴中。並不特別親的表姊（不如說有點討厭），出席人家的喜宴對小菫來說簡直等於受拷問一般，但這次由於某種原因而沒能夠好好脫身。她和妙妙同桌，座位正好相鄰。妙妙雖然沒怎麼說明，不過可能是在小菫表姊考音樂大學時教過她鋼琴，或照顧過她什麼。雖然沒有很長久親密的交往，不過表姊這邊似乎覺得有恩義關係吧。

被妙妙觸摸到頭髮的瞬間，幾乎可以說是反射性之快，小堇立刻墜入情網。就像正在橫越廣大的原野時，突然被中型閃電擊中一般。那想必很接近藝術天啓之類的。因此對象不巧是女性，當時對小堇來說完全不成問題。

就我所知，小堇並沒有可以稱得上情人的對象。高中時候據說有幾個男朋友。一起去看看電影，游游泳，這樣的對象。不過我想大概都沒有特別深的關係。經常不變地佔據小堇腦子裡大部分空間的，只是想要成爲小說家的熱切想法，她的心似乎也沒有太被任何對象所強烈吸引。就算她在高中時代有過性行爲（之類）的經驗，那也不是由於性慾或情愛，而可能是由於文學上的好奇心所引起的。

「老實說，我不太能夠理解所謂性慾這東西。」小堇有一次（我想是在快從大學休學之前。她喝了5杯香蕉台克力酒，相當醉了）以非常困擾的臉色這樣坦白告訴我。「那是怎麼形成的，關於這個你認爲怎麼樣？」

「性慾不是用理解的。」我陳述著平常慣有的穩當意見。「那只是在那裡而已。」

我這樣說完，小堇就像看見什麼以稀奇動力推動的機械一般，檢視著我的臉一會兒。然後才好像失去興趣了般抬頭看天花板。話就到這裡結束。大概覺得這種事再跟我談下去也沒什麼用吧。

小堇生於茅崎。因爲家就住在海邊，有時混著沙子的風打在窗玻璃上會發出脆脆的聲音。父親在橫濱市內開業當牙醫。長得非常帥，尤其鼻樑彷彿『白色恐怖』時期的葛雷哥萊畢克。遺憾的是——她自己這樣說——小堇並沒有遺傳到那樣的鼻子。她弟弟也沒傳到。小堇常常覺得很奇怪製造出那樣美好鼻子的遺傳基因到底跑到哪裡去了？如果已經埋沒到遺傳基因之河的河底某個地方的話，或許可以說是文明上的一大損失。是那麼像樣的鼻子。

當然小堇那位特別英俊的父親，在環繞橫濱市周圍地區居住的，牙齒多少有點障礙的女性之間，簡直神話式地受歡迎。雖然他在診所裡，總是頭上深深套著白帽，臉上戴著大口罩。患者所能看到的，只有他的一對眼睛和一對耳朵而已。儘管如此，依然隱藏不住他是美男子的事實。美好的鼻子凜然端正而性感地隆起，這幾乎讓親眼看見的所有女性患者臉紅起來，轉眼之間——即使醫療保險不給付——便墜入情網了。

小堇的母親在31歲年紀輕輕時就去世了。心臟有先天性結構上的缺陷。母親死時，小堇還不到3歲。有關母親的回憶，只有肌膚輕微的氣味。母親的照片還勉強留下幾張。結婚典禮的紀念照片，和小堇剛出生不久的生活照。小堇找出舊相簿來，看了好幾次那照片。光從外表看起來，以極保守的表現來說，小菫的母親算是「印象淡薄」的人。個子矮小的女人，髮型平凡，穿著領口拘束的衣服，臉上露出不自在的微笑。看來彷彿就要往後退下，與背後的牆壁化為一體了似的。小菫努力想把她的容貌烙印在腦子裡。這樣或許總有一天就可以在夢中見到母親了。或許還可以跟她握手，甚至交談也不一定。然而卻沒那麼順利。那是一張即使記起來了又會立刻忘記的臉。豈只是夢中，連大白天在同一條馬路上擦肩而過或許都不會發現。

父親幾乎沒有談起過死去母親的事。本來不管什麼事都不太多說的人，加上生活在各方面（就像一種口內感染症似的）都有避免情緒性表現的傾向。小菫記憶中也從來沒有問過父親有關死去母親的事。不過只有一次，還小的時候，因為某種情況下曾經問過「我母親到底是一個怎麼樣的人呢？」當時的對話她還記得很清楚。

父親臉朝向別的地方，考慮了一下。然後說。「她是一個記性很好，字寫得很漂亮的人。」

眞是一種奇怪的人物描寫方式。我倒認為，他當時應該說一點能夠深深留在幼小女兒心中的什麼。讓她可以把那當作熱量來源，一直溫暖自己的充滿營養的話。在這太陽系第三行星，想必根據也不太確定的人生中，能夠成為支持她不至於偏差的軸心支柱的話。小菫翻開雪白筆記本的第一頁一直安靜地等著。然而很遺憾（不過，不知道是不是應該這麼說），小菫的英俊父親並不是能說這種話的人。

小董6歲時父親再婚，兩年後弟弟出生。新的母親也不美。而且，記性並不特別好，字也寫得不算漂亮。不過倒是個親切而公正的人。這對於順理成章成爲她繼女的年幼小董來說，當然是很幸運的事。不，所謂幸運並不是正確的表現法。因爲選擇她的再怎麼說都是父親。他以身爲一個父親來說雖然多少有點問題，但牽涉到伴侶的選擇法時，卻一貫聰明而務實。

繼母在小董度過漫長而複雜的思春期時，始終毫不動搖地愛護她，即使在她宣佈「要從大學休學集中精神寫小說」時，雖然也表達了一些意見，但基本上還是尊重她的意志。小董從小就很熱愛讀書，而鼓勵她的也是繼母。

繼母花時間說服父親，約定在小董28歲以前要某種程度的爲她出一些生活費。如果到那時候還沒有什麼結果的話，以後就自己一個人去想辦法了。如果沒有繼母幫著說話，小董也許早就一文不名，在尙未學到必要量的社會嘗試和平衡感覺之前，或許就被趕出所謂現實這個有點缺乏幽默感的——當然地球並不是爲了讓人歡笑喜樂而鞠躬盡瘁地繞著太陽轉的——荒野裡去了。雖然對小董來說，或許比較希望那樣也不一定。

小董遇到「Sputnik情人」，是在向大學提出休學申請後，過了二年多一點的時候。

她在吉祥寺租了一間房子，和最低限量的家具與最大限量的書一起生活。中午以前起床，下午就像巡山苦行僧的態勢，在井之頭公園裡散步。好天氣的時候，就在公園的長椅上坐下來啃麵包，一面頻頻抽煙一面看書。下雨或天冷的時候，就走進大聲放古典音樂的老式古風喫茶店，埋身在筋疲力盡的沙發裡，板著臉一面聽舒伯特的交響曲，或巴哈的大合唱一面看書。到了傍晚就喝一瓶啤酒，吃吃超級市場買回來的現成食物。

晚上十點，她在書桌前坐下。前面擺著泡滿一壺的熱咖啡、大馬克杯（生日時我送她的禮物。畫著北歐童話裡史那夫金的畫）、萬寶路煙盒和玻璃煙灰缸。當然有文字處理機（Word Processor）。一個鍵，表示一個文字。

這裡有深沉的寂靜。頭腦像冬天的夜空般清晰。北斗七星和北極星都在固定的場所發出應有的光芒。而她有許多要寫的東西。許多要寫的故事。只要在某個地方做出一個類似正確出口的東西，把熱切的想法和創意從那裡像火山熔岩般噴射出去，應該就能陸續生出嶄新知性的作品來。人們應該會爲這「擁有稀世才華的大新人」的突然出現而側目。報紙文化版肯定會登出小堇那露出酷酷微笑的相片，編輯們爭相到她的公寓去採訪她。

然而遺憾的是，並沒有發生這樣的事。其實小堇自始至終都沒有能夠完成一篇作品。

老實說，她可以毫無阻礙地寫出很多文章。寫不出文章的苦惱是和小菫無緣的事。她可以把腦子裡的東西一一轉換成文章。問題不如說是寫得太多了。當然如果寫太多的話，只要把多餘的部分削除就行了，事情卻沒有這麼簡單。因爲她無法適當分辨自己所寫的文章，對整體來說是必要的或不必要的。第二天重讀列印出來的東西時，覺得所寫的文章看起來好像全都不可缺少，但有時候，又顯得好像全部不要也可以似的。有時候一陣絕望之餘，會把眼前所有的稿子全都撕破丟掉。如果那是在冬天夜晚房間裡有壁爐的話，或許可以像浦契尼的《波希米亞人（藝術家的生涯）》一樣獲得相當的溫暖，然而她那只有一個房間的公寓房子當然沒有壁爐。何只是壁爐，連電話也沒有。連可以好好照一照的鏡子都沒有。

一到週末，小菫就抱著寫好的稿子，到我住的公寓來。當然只限於沒有被殘殺的幸運稿子而已，雖然如此量還是相當可觀。而且對小菫來說，願意把自己寫的稿子給別人看的對象，在這廣大的世界上卻只有我一個人而已。

在大學裡我比她高兩年，主修也不同，因此幾乎沒什麼接觸，不過在很偶然的情況下開始親近地談起來。五月連休結束後的星期一，在大學正門口附近的巴士招呼站，我正在看著從附近舊書店找到的保羅尼桑（**Paul Nizan**）的小說時，她問我爲什麼現在還看什麼保羅尼桑呢？話裡的口氣一副準備吵架的架勢。好像很想踢翻什麼，卻沒適當東西可踢，沒辦法才來問我似的——至少我這樣感覺。

我跟小堇說起來有點類似。兩個人都像呼吸般自然地愛看書。只要一有時間就在安靜的地方坐下來，長久一直一個人翻著書。不管是日本小說外國小說、新東西舊東西、前衛的，暢銷的、只要多少可以帶來知性興奮的東西什麼都行，拿起來就讀。我只要泡在圖書館，或到神田的舊書店街去，就可以很開心地消磨一整天。我除了自己之外，從來沒有遇到過這麼深入廣泛而熱烈讀小說的人，對她來說也一樣。

在她從大學休學的相同時期，我也從那所大學畢業了，不過小堇從那以後每個月還是會到我那裡玩兩三次。我也偶爾會到她住的地方，不過因為她那裡要容納兩個人顯然太小，因此她來我這裡的時候要多得多。我們一見面還是談小說，交換書。我也經常為她做晚飯。我並不覺得做飯辛苦，而小堇又是那種如果要自己煮寧可選擇什麼也不吃的人。為了答謝我，相對的小堇則會從打工地方帶各種東西回來給我。她在藥品公司倉庫打工時，給我帶了六打之多的保險套。應該還留在抽屜深處。

小堇當時所寫的小說（或那片段），並沒有她本人所想像的那麼糟。她還沒充分習慣寫文章，那文體有時看起來像幾個興趣不同而各有疾病的頑固婦人齊聚一堂，所製作出來的拼貼一般。而那樣的傾向，由於她心中所具有的躁鬱症式的氣質而往往弄到無法收拾的地步。更不巧的是，小菫只對寫當時19世紀式長篇大論的「全體小說」感興趣，想把繞著靈魂和命運打轉的一切事象密密麻麻巨細靡遺地塡塞進去。

雖然有這幾個問題，不過她所寫的文章還是有獨特的新鮮感，可以感覺到想把自己心中所有的某種珍貴東西正直寫出來的坦率用心。至少她的風格並不是模仿誰的，也不光是整理手法巧妙而已。我喜歡她文章的這方面。如果把那裡頭的坦率力道割除，塡進精緻模型裡去應該不是正確的做法。畢竟她還有四處探路的足夠時間。還不必著急。正如諺語所說的那樣，慢慢長才長得好。

「我腦子裡想寫的東西塞得滿滿的。像個莫名其妙的倉庫一樣。」小菫說。「各種印象、情景、詞語的片片段段、人們的姿態──這些在我腦子裡有時候全都會一閃一閃地發出生動眩目的光芒。我聽得見他們喊著〈寫呀！〉我覺得從那裡好像會生出很棒的故事似的。覺得好像可以從那裡去到某個新地方。不過一旦面對書桌準備寫文章時，卻發現有什麼重要的東西已經失去了。水晶沒有能夠結成結晶，最後依然還是石頭沒變。我什麼也沒做成。」

小菫愁眉苦臉的，往水池裡投擲了第二五〇個左右的小石頭。

「我大概天生缺少什麼吧。當一個小說家必不可少的某種非常重要的東西。」

暫時有一段深深的沉默。她似乎正需要我平常給她的平凡意見的樣子。

「從前的中國都城，高高地圍著城牆，城牆並設有幾處高大壯觀的城門。」我想了一下後說。「門被視爲具有重要意義的東西。不僅是人們進進出出的門扉，同時人們並相信那上面還依附著城市的靈魂之類的東西。或者也可以說應該依附。就像中世紀歐洲人相信教堂和廣場應該坐落於城市的心臟地帶一樣。因此中國現在還留下一些壯觀的城門。你知道以前的中國是怎麼製造城門的嗎？」

「不知道。」小菫說。

「人們拉著台車到古戰場去，盡可能收集能夠收集得到散落在那裡或被埋在那裡的白骨回來。因爲是歷史悠久的國家所以不缺這些古戰場。然後製造出把這些骨粉塗漆進去的巨大城門。希望藉著慰靈，而讓這些死去的戰士保衛自己的都城。不過光這樣還不夠。門製成之後，他們又牽來幾隻狗，用短劍割開牠們的喉嚨。並將還溫熱的血灑在城門上。已經乾掉的骨和新的熱血互相混合，這樣古老的靈魂才開始擁有咒術性的神力。他們這樣想。」

小菫沉默地等我繼續說下去。

「寫小說也跟這很像。就算收集了很多骨來，製造出多麼壯觀的門，只有這樣還是沒辦法成爲生動的小說。所謂故事在某種意義上，並不是這個世界的東西。眞正的故事爲了結合這邊跟那邊，必須要有咒術性的洗禮。」

我點點頭。

「也就是說，我也需要去找一隻自己的狗來才行，對嗎？」

「而且必須灑熱血才行。」

「大概。」

小菫咬著嘴唇拚命思考。又有幾顆可憐的小石頭被丟進水池裡。「但願不用殺動物。」

「當然這只是比喻性的意思。」我說。「並不是眞的要殺狗。」

我們像平常一樣並排坐在井之頭公園的長椅上。這是小菫最喜歡的長椅。我們眼前有一口大水池。沒有風。掉落池面的樹葉，像被緊緊貼在那裡似地浮在上面。稍隔一段距離的地方有人在燒著柴火。空氣中混合著即將結束的秋季氣息，遠方的聲音聽得格外清楚。

「我想，妳需要的大概是時間跟經驗吧。」

「時間跟經驗。」小菫說著，抬頭看天空。「時間就這樣一直不斷地過去。經驗？請不要提經驗。不是我自豪，我連性慾都沒有。沒有性慾的作家到底能有什麼樣的經驗呢？就像沒有食慾的廚師一樣，不是嗎？」

「關於妳性慾的去向，我沒話可說。」我說。「也許那只是躲在某個角落裡也不一定。也許到某個遠方去旅行，忘記回來了也不一定。不過戀愛這東西總是不講理的噢。那會從一無所有的地方突然跑出來，抓住妳也不一定。或許就是明天。」

小菫把視線從天空轉回我臉上。「就像平原的龍捲風一樣？」

「也可以這麼說。」

她想像平原上的龍捲風一會兒。

「可是你說平原上的龍捲風，你難道實際看過嗎？」

「沒有。」我說。在東京武藏野（或許該說幸虧吧）不太能夠看到眞正的龍捲風。

而大約在半年後的某一天，正如我所預言過的一樣，她突然毫無道理地，被捲入像平原的龍捲風一般強烈的戀愛中。跟一個比她大17歲的已婚女性。就是跟那個「Sputnik 情人」。

妙妙和小堇在喜宴中同桌坐在相鄰的席位時，就像世上一般人會做的那樣，首先互相交換說出名字。小堇因爲很恨自己叫做「堇」這名字，所以盡可能不告訴任何人。可是被對方問起名字時，禮貌上還是不得不回答。

這個名字，據父親說，是死去的母親取的。因爲她最喜歡莫札特的歌曲「堇」（即紫羅蘭），很久以前就決定如果自己生女兒的話就要取這個名字。客廳唱片櫃裡有『莫札特歌曲集』（一定是母親從前聽的），小時候小堇很寶貝地把那沉重的唱片放在轉盤上，一再重複地聽題目叫做「堇」的歌曲。伊麗莎白・舒瓦茲珂芙（Elisabeth Schwarzkorpf）唱的歌，和華特・紀雪金（Walter Gieseking）的鋼琴伴奏。她聽不懂歌的內容。但從那優雅的歌聲旋律聯想，一定是在歌頌開在原野的堇花有多美麗吧。小堇想像著那風景，並深深喜愛那曲子。

可是到了上中學時，在學校圖書館裡找到歌詞的日本語翻譯，小堇深深受到打擊。歌詞內容是說開在原野的一朵清新美麗的堇花，被某一個粗心大意的牧羊女無意間悲慘地踐踏了。她連自己是被踐踏的花這回事都沒發現。歌詞據說是歌德的詩，然而那裡頭卻無可救藥地，連教訓都沒有。

「爲什麼母親非要用那樣糟糕的曲名當作我的名字不可呢？」小堇皺著眉頭說。

妙妙把膝蓋上的餐巾折邊拉整齊，嘴角露出中立式的微笑，看看小堇的臉。她擁有一對非常深色的眼珠。其中混合著各種顏色，而且既不渾濁也沒有陰影。

「你覺得那曲子很美嗎？」

「對。曲子本身——我想是很美。」

「要是我的話，只要音樂美我想大概就滿足了。因爲你在世上只想得到漂亮東西或美麗東西恐怕沒那麼簡單吧。妳母親實在太喜歡那曲子，所以也就不在意歌詞的內容了。而且如果妳老是那樣一副愁眉苦臉的樣子，小心久了皺紋會平不回來喲。」

小堇總算才把眉頭放鬆。

「話雖沒錯，可是我好失望噢。妳說對嗎？這名字是我母親留給我的唯一有形東西。當然是指除了我自己之外。」

「不管怎麼說小堇不是很棒的名字嗎？我很喜歡哪。」妙妙這樣說著，便好像在示範試著從稍微不同的角度來看事情似地輕輕歪一下頭。「對了，妳父親有沒有出席這個喜宴？」

小堇環視四周，找到了父親的身影。雖然會場很大，但因爲父親個子高所以要找到他並不難。他坐在隔兩張桌子的前方，側臉對著這邊，正在跟一位穿著禮服看來很誠實的小個子老人談著什麼。嘴角露出即使對剛形成的冰山都可以以心相許般溫和的微笑。在水晶燈光照射下，端正的鼻樑像洛可可時代浮雕畫的輪廓般柔和地隆起，那之俊美，連經常看慣的小堇都不得不重新感到佩服。她父親的容貌和這種正式集會場合搭配極了。只要有他在場，空氣一下子就會變得華麗起來。就像插在大花瓶裡的鮮花，或漆黑閃亮的加長型禮車一樣。

看到小堇父親的模樣，妙妙一瞬間失去了語言。她倒吸一口空氣的聲音傳進小堇耳裡。就像要讓安穩的早晨自然光喚醒重要的人時，輕輕將天鵝絨窗簾拉開時那樣的聲音。或許應該帶觀賞歌劇用的望遠鏡來的，小堇這樣想。不過她對人們——尤其是中年女人——對父親容貌的戲劇性反應已經太習慣了。美到底是什麼呢？有什麼價值呢？小堇總覺得不可思議。但誰也沒有告訴她答案。只不過有難以動搖的效力而已。

「妳有那麼英俊的父親，是什麼樣的感覺？」妙妙這樣問。「我只是出於好奇心問的。」

小堇嘆一口氣——到目前爲止不知道有多少次被問過同樣的問題——說，「並不特別愉快。大家心裡都這樣想。啊！眞是英俊的人。太棒了。可是跟他比起來女兒就沒怎麼樣了。這種情形是不是隔代遺傳呢？」

妙妙轉回頭來向著小堇，略微收進下顎看著她的臉。就像在美術館裡來到自己中意的畫前面站定下來仔細欣賞時那樣。

「嘿，如果以前妳眞的一直這樣想的話，那就錯了。因爲妳也非常漂亮，絕不會輸給妳父親。」妙妙說。於是伸出手來非常自然地，輕輕接觸小菫放在桌上的手。「只是妳自己大概也不知道，妳多有魅力吧。」

小菫的臉紅了起來。心臟在胸中簡直像奔過木橋的狂野馬蹄般發出巨大的聲音。

然後小菫和妙妙就專心投入於只有兩個人的談話中。眼睛再也沒去看周圍的一切。那是個熱鬧喜宴。有各種人站起來致辭（小菫的父親應該也致辭了），端出來的餐點也絕不差。但卻沒有一件東西還留在記憶裡。吃了肉嗎？吃了魚嗎？是否依照西餐禮儀用刀叉吃的？還是用手指抓東西用舌頭舔盤子，全都不記得了。

兩個人談了音樂。小菫是古典音樂迷，從小就聽遍父親的唱片收藏。兩個人音樂上的喜好有很多共通的地方。彼此都喜歡鋼琴音樂，其中尤其把貝多芬的32首鋼琴奏鳴曲視爲音樂史最重要的鋼琴音樂。並相信巴克豪斯（Wilhelm Backhaus）在DG所留下的錄音可以說是成爲基準的最佳詮釋，是無與倫比的傑出演奏。而且多麼愉快，那麼充滿了生之喜悅啊！

霍洛維茲（Vladimir Horowitz）在非立體的單聲道錄音時代所錄的蕭邦，尤其該諧曲之興奮刺激簡直沒得話說。古爾達（Friedrich Gulda）所彈德布西的前奏曲集優美而充滿幽默感。紀雪金（Gieseking）所演奏的葛利格總是那麼可愛。李希特（Svyatoslav Richter）演奏的Prokofiev曲子，那深思熟慮的保留，和瞬間造型的極致深度，使他的任何曲子都有值得非常仔細傾聽的價值。藍道夫絲卡（Wanda Landowska）所彈的莫札特鋼琴奏鳴曲是那麼充滿了溫柔細緻的思慮，但爲什麼沒有得到應有的評價呢？

「現在，妳在做什麼？」音樂話題告一段落之後，妙妙這樣問。

大學不唸了，有時候打一點短期簡單的工，一面在寫小說，小菫說明。寫什麼樣的小說，妙妙問。很難用一句話來說明，小菫回答。那麼閱讀方面妳喜歡什麼類型的小說呢？妙妙問。要一一列舉會沒完沒了，不過最近常常看傑克・克羅阿克，小菫回答。就是在這裡談到「Sputnik」的。

妙妙除了消遣而讀的極輕的東西之外，幾乎很少碰小說。這種東西是無中生有的想法總是無法從腦子裡揮去，因此無法對出場人物產生感情移入作用。她說。從以前就這樣。所以她所看的只限於把事實當作事實來記述的書。而且幾乎大多是爲了工作有必要才看的東西。

妳在做什麼樣的工作？小菫問。

「主要跟外國有關。」妙妙說。「我父親經營貿易公司，身爲長女的我，大約13年前接下來繼續做。雖然我本來爲了當鋼琴家而學過音樂，不過父親因爲癌症去世，母親身體又弱，日語也不太流利，弟弟還在讀高中，所以我就暫且成爲負責人，管理起公司來。因爲還有幾個親戚生活要靠我們公司，總不能隨隨便便就把公司關起來。」

她像在這裡打一個標點符號似的，短短的嘆了一口氣。

「我父親的公司原來是以進口韓國乾燥食品或藥草爲主要業務，不過現在則經營更廣泛的商品。甚至包括電腦零件之類的東西。現在公司代表名義上還是我，不過實務則由我丈夫和弟弟接手做，我並不需要經常露面，所以我正專心做公司之外我個人的工作。」

「例如什麼？」

「大宗葡萄酒進口。有時則做做音樂方面相關活動的安排。在日本和歐洲之間來來去去。這方面的生意很多是靠個人親手建立的人脈決定的。所以光是我一個人也可以跟一流商社互相競爭。只是要建立這種個人網路並維持下去，要花相當功夫和時間。不過這也是理所當然的——。」然後她好像想到什麼似的抬起頭來。「對了，妳會說英語嗎？」

「會話不太行。馬馬虎虎吧。不過我喜歡讀就是了。」

「會用電腦嗎？」

「不是很熟，因爲已經習慣打文字處理機，不過我想學一學應該就會。」

「開車呢？」

小堇搖搖頭。自從進大學那一年，開了爸爸的VOLVO旅行車想開進車庫，結果撞上後面的門柱以來，幾乎沒有握過方向盤。

「那麼妳能以不超過２００字說明〈記號〉和〈象徵〉的不同嗎？」

小堇拿起膝上的餐巾輕輕擦擦嘴角，再放回原位。她沒有聽懂對方想問什麼。「記號和象徵？」

「也沒什麼特別的意思。只是舉個例而已。」

小堇又搖搖頭。「眞搞不懂。」

妙妙微笑著。「如果方便的話請告訴我，妳有什麼樣的現實能力。也就是說擅長做什麼？除了看很多小說，聽很多音樂之外。」

小堇把刀叉靜靜放在盤子上，一面瞪著浮在桌上的匿名性空間，一面試著想一想有關自己的事。

「與其說擅長的事，不如列舉不會的事比較快。不會煮飯做菜、不會打掃、不會整理東西、老是掉東西。雖然喜歡音樂，可是要我唱歌卻會荒腔走板。手藝非常笨，連一根釘子都釘不好。方向感簡直是毀滅性的，左右經常搞錯。一生氣就有破壞東西的傾向。盤子或鉛筆或鬧鐘之類的。雖然事後會後悔，可是當時無論如何都停不下來。完全沒有存款。沒道理地怕生，幾乎也沒什麼朋友。」

說到這裡小菫休息一會兒，然後又再繼續說。

「不過用文字處理機的話，我可以不看鍵盤很快地打出文章。運動不太擅長，不過除了腮腺炎感冒，有生以來從來沒生過什麼大病。還有特別在意時間，約會從來不遲到。吃東西也完全不挑剔。不看電視。有時候會吹吹牛，不過我想大概不太會找藉口吧。每個月有一次會腰痠背痛而睡不著，不過除此之外都很好睡。生理算是少的。蛀牙連一顆都沒有。西班牙語說得還不錯。」

妙妙抬起頭。「妳會說西班牙語呀？」

小菫上高中時，曾經到過被商社派駐在墨西哥市上班的叔叔家住了一個月。心想是個好機會，於是專心學會了西班牙語。大學時也修了西班牙語學分。

妙妙把葡萄酒玻璃杯腳夾在手指間，像在捲機器的螺絲般輕輕旋轉著。「怎麼樣，想不想到我那裡去上班一陣子？」

「上班？」因爲不知道該做出什麼樣的表情，因此小菫暫時維持平常那板著的臉色。「嘿，我有生以來還從來沒有過一次像樣的工作經驗，連電話都完全不會應對喲。早上十點以前不搭電車，我想妳跟我談過話也知道，我連客套話都不會用。」

「這些不成問題。」妙妙簡單地說。「對了妳明天中午左右有沒有空？」

小堇反射性地點一點頭。不需要多加考慮，沒什麼約定的空閒時間是她的主要資產。

「那我們一起吃中飯吧。附近有一家餐廳，我會先預約一個安靜的位子。」妙妙說。然後把服務生再新倒的紅葡萄酒杯拿起來在空中透著光仔細檢視，確認過香味，再安靜地含進第一口。這一連串的動作，令人聯想到內省的鋼琴家歷經歲月磨練出來的短截終止樂章裝飾音，無形中自動流露出的優雅。

「詳細情形到時候再慢慢談。今天別談工作，我想輕鬆一下。嘿，不知道這是什麼地方出的，不過這波爾多酒相當不錯噢。」

小堇不再板著臉，她試著老實問妙妙。「可是我們剛剛才第一次見面，而且妳對我幾乎還什麼都不知道對嗎？」

「是啊，也許什麼都不知道。」妙妙承認。

「那妳怎麼知道我可以用呢？」

妙妙把玻璃杯中的葡萄酒輕輕旋轉著。

「我從以前開始就以臉來判斷一個人。」她說。「所以，換句話說我已經喜歡妳的相貌和表情的流動了。非常喜歡。」

周圍的空氣忽然咻一下變薄了似的。她發現自己兩邊的乳頭在內衣裡僵硬起來。小堇伸出手半機械性地拿起水杯，把剩下的水一口氣喝完。相貌長得像猛禽類似的服務生立刻走到背後來，把變空的大玻璃杯倒滿冰水。那嘩啦嘩啦的聲音在小堇混亂的腦子裡，聽來好像被關在洞窟裡的盜賊呻吟聲般空虛地回響。

我真的愛上這個人了，小堇確實這樣相信。不會錯（冰總是冷的，玫瑰總是紅的）。而且這戀愛不知道要把我帶到什麼地方去。然而似乎已經無法從這強烈的激流中抽身出來了。因爲我已經毫無選擇餘地了。我也許將被帶到一個自己從來沒看過的特別世界去。那或許是個危險地方。藏在那裡的一些東西或許會帶給我深深的、致命的傷害。我或許會失去現在所擁有的一切東西也不一定。但我已經回不去了。身體只能任由眼前的激流往前沖。就算我這個人將被這火焰燒成灰燼，消失無蹤也沒辦法了。

她的預感——當然是到現在才知道的——百分之120正確。

2

小堇打電話來，是在結婚典禮的正好2週後星期天的天亮前。我當然是像舊鐵床一般睡得正沉的時候。那前一週，我正主持一個會議，爲了收集完整的必要（但不太有意義的）資料，而不得不縮短睡眠時間。週末正打算痛快睡個飽。這時電話鈴卻開始響了起來。在天亮前。

「你在睡覺嗎？」小堇試探地問。

「嗯。」我小聲地哼一聲。並反射性地瞥一眼放在枕邊的鬧鐘。非常大的時針，也確實塗上夜光漆，然而不知道爲什麼我卻沒有讀出數字。映在網膜上的印象，和接收並分析它的腦部並沒有咬合上。就像老祖母穿線時穿不進針孔一樣。我總算搞清楚的，是周圍還是黑漆漆的。好像很接近過去史考特・費茲傑羅稱爲「靈魂的黑暗」時刻，那樣。

「馬上就要天亮了噢。」

「嗯。」我無力地說。

「我家附近還有人養雞喲。一定是美國把琉球歸還日本以前就養在那裡的雞吧。那公雞馬上就要開始啼。大概再30分鐘左右之內。還有，老實說，一整天裡我最喜歡這個時刻。黑漆漆的夜晚從東方逐漸亮起來，公雞好像在做某種復仇般開始猛然啼叫起來。你家附近有沒有雞？」

我在電話這邊輕輕搖頭。

「我是從公園附近的公共電話打的。」

「嗯。」我說。離她住的公寓200公尺左右的地方有公共電話亭。因爲小堇沒有電話，所以總是走到那裡去打電話。一個形狀極普通的電話亭。

「嘿，在這種時間打電話我也覺得很抱歉。眞的這樣覺得。連雞都還沒啼的時間。可憐的月亮，在東方的天空一隅，像已經用舊的腎臟般，孤伶伶地浮在天上的時間。不過，我也爲了給你打電話而一個人慢慢走過黑暗的夜路來到這裡喲。小手上緊緊握著表姊結婚典禮領來的電話卡。上面印著兩個人手牽手的紀念照片。這種東西有多讓人心情低落，想必你也知道吧？穿的襪子居然還是左右不成對的。一邊有米老鼠的畫，一邊是素面的毛襪。一屋子東西亂七八糟，搞不清楚什麼在哪裡。雖然不能大聲講，不過內褲也很糟，連專偷內衣的小偷都會閃開走過的那種。這副德性如果被過路魔殺掉的話，死也不能瞑目吧。所以雖然不是要你同情我，不過，你能不能說一些像話一點的話？除了『嗯』或『啊』之類冷酷的感嘆詞之外。比方接續詞之類的也可以。對了，例如『不過』或『可是』之類的。」

「可是。」我說。我非常累，眞的連作夢的力氣都沒有。

「可是。」她說。「唉算了。這也算是一種進步吧。雖然只是小小的一步。」

「那麼，妳找我有什麼事嗎？」

「對了，對了，我想請教你一件事。所以才來打這通電話。」小堇說。並輕輕乾咳一聲。

「也就是說，記號和象徵不同在哪裡？」

我腦子裡似乎有什麼行列靜靜地通過，有一種奇怪的感覺。「請再說一遍妳的問題好嗎？」

她重複一遍。記號和象徵的不同是什麼？

我在床上坐起身，把聽筒從左手換到右手拿。「換句話說，妳爲了想知道記號和象徵的不同，而打電話來。在星期天早上，天亮以前的，嗯……」

「4時15分。」她說。「我心裡掛念著沒辦法啊。記號和象徵的不同到底在哪裡。有一個人幾天前問過我這個問題，我一直忘了，正打算睡覺開始脫衣服時，卻突然想起來。然後就睡不著了。你可以說明嗎？象徵和記號的不同。」

「例如，」我說，望望天花板。要對小堇說明事情的理論，就是意識清醒的時候都很困難。「天皇是日本國的象徵，這個妳懂嗎？」

「大概懂。」她說。

「不可以大概。其實日本國憲法就是這樣規定的。」我盡可能以冷靜的聲音說。「也許有異議或疑問，如果不把這當作一個事實來接受，話就沒辦法繼續往前說了。」

「我懂。只要接受就是了吧。」

「謝謝。我再說一次，天皇是日本國的象徵。但那並不表示天皇和日本國是等價的意思。妳明白嗎？」

「不明白。」

「妳聽我說，也就是箭頭是指單方向的。天皇雖然是日本國的象徵，但日本國並不是天皇的象徵。這個該明白吧？」

「我想我明白。」

「可是，如果把這寫成〈天皇是日本國的記號〉，卻表示這兩者是等價的。換句話說當我們提到日本國時，就等於指天皇的意思，當我們提到天皇的時候，就等於指日本國的意思。再進一步說，就是指兩者可以交換的意思。a=b 就是等於指 b=a 一樣。簡單說，這就是記號的意思。」

「也就是說，你想說天皇和日本國可以互換，這種事可能嗎？」

「不是這樣。不對。」我在電話這頭拚命搖頭。「我現在只是想盡量簡單明瞭地說明象徵和記號的不同而已。並不眞的打算將天皇和日本國交換。只是說明的程序喲。」

「噢。」小董說。「不過，這樣我已經有點懂了。印象上。也就是說單行道跟雙向道的不同對嗎？」

「專家也許能說明得更正確。不過如果要定義得極容易瞭解的話，我想這樣大概可以了。」

「我常常覺得，你很擅長說明事情。」

「那是我的工作啊。」我說。我的話好像有點平板而缺乏表情。「妳也不妨當一次小學老師看看。很多問題都會跑來找妳。爲什麼地球不是方的。爲什麼章魚的腳有10隻而不是8隻。大多的問題大致都變得可以答得出來了。」

「嘿，你一定是個好老師噢。」

「誰知道？」我說。誰知道。

「那爲什麼章魚的腳是10隻，而不是8隻呢？」

「我可以睡覺了嗎？我眞的很累。這樣手握著聽筒都覺得好像一個人獨自支撐著正倒塌一半的圍牆似的呢。」

「嘿。」小堇說。然後微妙地停頓一下。就像往彼得堡的火車在開來之前，守平交道的老人卡噠吭咚地把柵欄放下一樣。「這樣說眞的像傻瓜一樣，不過老實說，我戀愛了。」

「哦。」我把拿聽筒的手從右邊換回左邊。從聽筒可以聽見小堇的呼吸聲。我不知道該怎麼回答才好。而且就像不知道該怎麼回答才好時經常會做的那樣。我說了一句有點離譜的話。「不是對我吧？」

「不是對你。」小堇說。聽得見用便宜打火機點香煙的聲音。「你今天有空嗎？我想跟你見面談一談。」

「也就是要談有關妳跟我之外的某個人戀愛的事？」

「對。」小堇說。「關於我正在開始熱烈戀愛的事。」我把聽筒夾在肩膀和脖子之間，伸直身體。「如果是傍晚倒有空。」

「我五點到那邊。」小堇說。並像想起來似地補充說。「謝謝你。」

「謝什麼？」

「謝你天亮前，親切地回答我的問題。」我含糊地回答後掛上電話，把枕邊的檯燈關掉。還黑漆漆的。睡意回來之前，我想一想小堇到現在爲止，謝過我一次沒有。或許一次該有吧，但我卻想不起來。

小董在五點前一點到我住的公寓來。起初我沒看出那是小堇。因爲她裝扮煥然一新的關係。頭髮剪成酷酷的短髮，落在額頭的瀏海好像還留下剪刀的痕跡。海軍藍色短袖洋裝上，披一件薄薄的羊毛外套，鞋子是中等高度的高跟鞋，黑色漆皮的。連絲襪都穿了。絲襪？我對女孩子的穿著並不清楚，不過至少知道她身上穿的東西全都是相當高價的。穿著這個樣子，小堇比平常看起來更美麗而洗鍊。不但沒有不得體的地方，反而非常搭配。不過不管怎麼說，我還是比較喜歡以前穿著邋里邋遢的小堇那個樣子。當然一切都是個人偏好的問題。

「不賴。」我從頭到腳打量一遍之後說。「雖然不知道傑克・克羅阿克會怎麼感覺。」小堇比平常稍微高雅地微笑著。「要不要到外面去散步一下？」

我們並肩走過大學路往車站的方向走，中途進入一家常去的喫茶店裡喝咖啡。小堇照例除了咖啡之外並點了栗子蛋糕。四月已接近尾聲，非常晴朗的星期天傍晚。番紅花和鬱金香排列在花店前面。吹著和緩的風，輕輕掀起年輕女孩的裙襬，飄來年輕樹木散發的生長氣息。

我把雙手交叉在腦後方，看小堇熱心地慢慢吃著栗子蛋糕的樣子。從喫茶店天花板的小型喇叭，傳來 Astrud Gilberto 的 bossa nova 老歌。「請帶我到阿爾安達去」她唱道。一閉上眼睛，杯子和碟子卡達卡達的碰撞聲聽起來就像遠方的海浪聲一樣。阿爾安達到底是一個什麼樣的地方呢？

「還睏嗎？」

「已經不睏了。」我張開眼睛說。

「你還好嗎？」

「很好啊。像初春的莫爾道河一樣。」

小堇望了一會兒變空的栗子蛋糕碟子。然後抬起頭來看我。

「為什麼會穿這種衣服，你覺得很奇怪？」

「嗯，有一點。」

「不是付錢買的。因為我沒有那個錢。這是有很多原因的。」

「關於這些原因我可以稍微想像一下嗎？」

「你說說看。」

「妳穿那不怎麼起眼的傑克．克羅阿克式的服裝，在某個洗手間，一面叼著香煙一面洗著手的時候，剛好有一位身高155公分裝扮良好的女人一面呼呼地喘著大氣一面跑進來這樣說，『拜託一下，請妳全身上下的衣服在這裡跟我交換。我沒辦法說明原因，不過有壞人在追我。我想換裝逃走。巧得很，我們個子也正好差不多。』我在香港電影上看過。」

小董笑一笑。「對方鞋子尺寸是22號，洋裝尺寸是7號。眞巧。」

「而且當場連印有米老鼠的內褲也交換了。」

「米老鼠不是內褲是襪子啊。」

「都一樣。」我說。

「哦。」小董說。「不過，還滿接近的。」

「接近到什麼程度？」

她身體探出到桌上來。「說來話長，你想聽嗎？」

「還問想不想聽，妳不是爲了講這件事，才特地到這裡來的嗎？不管多長也沒關係，妳說就是了。除了本事之外，如果想加上序曲和〈妖精之舞〉的話，也可以一起講。」

於是她開始講了起來。從她表姊的結婚典禮，到她和妙妙在青山餐廳吃的午餐。確實是相當長的一段話。

3

結婚典禮第二天星期一下雨。雨從過了午夜之後開始下，到天亮以前還繼續不斷地下。把春天的大地淋得濕濕黑黑的，靜靜鼓舞著藏在地下無名生物們的溫和而柔軟的雨。

一想到要跟妙妙再見一次面，小堇心裡一陣騷動，什麼事情都做不下去。心情好像站在山頂上吹著風似的。坐在書桌前點起香煙，像平常一樣把文字處理機的開關打開，然而不管盯著畫面多久，腦子裡卻浮不出一行文章來。那對小堇來說幾乎是不可能有的事。她放棄了把機器電源關掉，在狹小房間的床上躺下，香煙也沒點火，只是叼著，沉溺於漫無邊際的思緒中。

光是能再和妙妙兩個人談話，我的心就已經這樣怦然躍動了。那麼如果我跟妙妙什麼也沒事地就那樣分開的話，心情一定很難過吧。這是對年長的美麗洗鍊女性的愛慕嗎？不，應該不是那樣，小堇打消這種想法。我在她身邊，一直想用手觸摸她身體的什麼地方。那和單純的「愛慕」

有一點不同。

小董嘆一口氣，望著天花板一會兒，然後點起香煙。想想還眞奇怪。22歲第一次認眞墜入情網，對象卻偏偏不巧是個女的。

妙妙所指定的餐廳，從地下鐵表參道車站走路約10分鐘的距離。第一次來的人很難找，不容易進去。說到店名也是只聽過一次不會記得的那種。在門口說出妙妙的名字後，小堇就被帶到二樓的一個包廂去。妙妙已經坐在位子上。一面喝著放了冰塊的沛綠雅礦泉水，正跟服務生熱心商量著菜色。

她在深藍色 Polo 襯衫上，穿一件同色棉質線衫，戴著沒有裝飾味道的銀色細髮夾。長褲是白色修長合身的牛仔褲。桌子角落放著鮮豔的藍色太陽眼鏡。椅子上放著回力球拍，和 Missoni 設計的塑膠運動包包。大概她上午剛打過回力球或做了什麼運動從那回來的。臉頰上還微微留下粉紅色紅暈。小堇想像她在健身房走進淋浴室，用散發著異國芳香的香皀洗掉身上汗水的情形。

身穿平日穿的斜紋綾織外套，卡其色長褲，頭髮像孤兒般亂蓬蓬的小堇走進包廂時，妙妙從菜單抬起頭，好像很眩眼地微笑。「上次妳說吃東西不挑剔對嗎？我可以隨意選菜嗎？」

當然，小堇說。

妙妙為兩個人點了同樣的東西。主菜是炭烤新鮮白魚，稍稍添加一點放了香菇的綠色醬汁。魚片焦得非常美。可以說是藝術性的，端麗而具有說服力的焦法。幾個南瓜小湯圓，旁邊配置著極高雅的菊蒿苣生菜。甜點是奶油焦糖。只有小堇吃。妙妙裝成沒看見的樣子。最後送來艾斯布雷咖啡（espresso）。小堇推測她大概相當講究吃。妙妙脖子像植物的莖一般細，身上一點贅肉的痕跡都沒有。不會讓人覺得她有減肥的必要。不過她可能會毫不妥協地對現在自己所有的東西決心保護到底。就像在山頂堅守要塞的斯巴達人一樣。

兩個人一面吃著菜，一面聊一些算是比較漫無邊際的話題。妙妙想知道小堇的身世，小堇就老實回答她的問題。關於父親、母親，所上的學校（每個學校她都沒辦法喜歡），作文比賽所得到的獎品（腳踏車和百科辭典），大學休學的經過情形，現在的日常生活。不是特別精采刺激的人生。然而妙妙卻很熱心地聽小堇的身世。好像在聽從來沒到過，而擁有濃厚風俗民情趣味的國家的事情似的。

小堇對妙妙想知道的事情也堆積如山。但妙妙似乎不太喜歡談自己。「我的身世沒什麼好談的。」她笑瞇瞇地說。「我倒想多聽聽妳的。」

用完餐之後，小堇對妙妙所知道的還是不多。只知道她父親把在日本賺的錢捐出去很多，給他自己出生地也就是韓國北方的小村，爲地方居民建了幾個像樣的設施，因此到現在那個村子的廣場上甚至還建了她父親的銅像。

「一個山裡的小村子。小時候父親曾經帶我去過。也因爲是冬天，看起來是個好冷的地方。到處是岩石的赤茶色山，扭曲虯結的樹木。那銅像揭幕時，村子裡有好多親戚，流著眼淚把我抱起來。但我無法理解大家在說什麼，只記得覺得好害怕。對我來說，那只不過是個從來沒見過的異國村子而已。」

是什麼樣的銅像，小堇問。她所認識的人裡沒有一個被做成銅像的。

「很普通的銅像啊，可以說是規格化的吧。就像全世界到處都有的那種東西。不過自己的父親被做成銅像，我覺得很奇怪。如果茅崎車站前面的廣場上建起妳父親的銅像，也會覺得怪怪的吧？我父親其實是個子矮小的人，做成銅像後看起來卻顯得像個堂堂的巨人。那時候我想，這個世界眼睛看得見的東西，並不一定就是對的。那時候我才五歲左右。」

我父親或許做成銅像會顯得比較鎮定也不一定，小堇在心裡悄悄地想道。他以一個活生生的人來說是稍微浮誇了一些。

「我們來繼續談昨天提到的事。」第二杯艾斯布雷送來時，妙妙切進話題。「怎麼樣，你有沒有意願到我這裡來工作？」

想抽煙，卻沒看見煙灰缸。小堇只好放棄而喝了一口沛綠雅。

小堇老實說。「說到工作，具體上不知道要做什麼？我想上次也說過，除了單純肉體勞動之外，我一次也沒有做過正式工作的經驗。而且也沒有一套可以穿著去上班的衣服。甚至連在喜宴上穿的衣服，都是跟朋友借來的。」

妙妙表情不變地點點頭。小堇的答案似乎是在她預料範圍內。

「跟妳談過後大概知道妳是什麼樣的人了，我想我要妳做的工作，妳應該沒問題可以勝任。其他的就沒什麼不得了的。重要的是，妳想，或不想跟我一起工作。只有這個而已。Yes 或No，單純地想就行了。」

小堇一面很小心地選擇字眼一面回答。「妳能這樣說我當然很高興，可是對現在的我最重要的問題，再怎麼說都是寫小說。爲了這個我連大學都休學了。」

妙妙越過桌子筆直看著小堇。她那安靜的視線立刻讓小堇的肌膚有所感覺，她的臉熱了起來。

「我可以老實說出我的想法嗎？」妙妙說。

「當然，妳盡量說。」

「不過也許會讓妳不高興。」

小菫表示無所謂地把嘴唇抿成一直線，看著對方的眼睛。

「現在不管花多少時間，我想妳大概都寫不出完整的東西。」妙妙以沉穩，而不猶豫的聲音說。「妳有才華。將來一定可以寫出傑出的東西。不是客套，我眞的這樣想。我可以感覺到妳身上有這種自然的力量存在。不過現在的妳，還沒有準備好。還沒準備好打開那扇門的足夠力量。妳自己有沒有過這種感覺？」

「時間和經驗。」小菫簡單總結。

妙妙微笑著。「總之，現在跟我一起做吧。我想這樣比較好。而且等妳感覺時候到了，不用客氣，妳就放棄一切，盡情地去寫小說好了。妳本來個性就不是很靈巧，在重要的東西順利出來以前，是屬於會比一般人多花時間的類型。所以如果到了28歲還沒冒出芽來，雙親的支援也停止，變成一文不明的話，就認了吧。或許肚子會餓一些，小說家不也需要這種經驗嗎？」

小菫想回答但才要開口，聲音卻出不來。因此只是沉默著點頭。

妙妙把右手伸到桌子正中央。「妳也把手伸出來。」

小菫把右手伸出去，妙妙便把她的手像包起來般地握住。是溫暖而柔滑的手掌。「沒有嚴重到需要擔心的程度。所以妳別板著一張臉。妳跟我會順利做下去的。」小菫吞進一口唾液。並盡量放鬆臉上的肌肉。被妙妙從正面注視著時，覺得自己的存在彷彿逐漸縮小下去似的。或許不久，就會像被放在日光下的冰塊一樣消失掉也不一定。「從下星期開始每週三次，到我辦公室來。星期一三五。只要早上十點來，傍晚四點回去就行了。這樣就可以避開尖峰時段了吧？薪水雖然不太高，不過工作不會太辛苦，空閒時間也可以看書沒關係。不過我要妳每週去家教那裡學兩次義大利語。會西班牙語的話，要學義大利語應該不會太難。還有英語會話和汽車駕駛也要找時間練習練習。這樣可以做到嗎？」「我想可以。」小堇回答。不過那聲音，聽起來卻好像不認識的人，從某個其他房間代替自己發音的話似的。不管她拜託什麼，或命令什麼，如果是現在的我，大概會毫不遲疑地就回答 Yes 吧。手還依舊握著，妙妙就那樣一直注視著小堇。小堇可以看見映在妙妙漆黑眼珠深處自己鮮明的形貌。那看起來就像被鏡子吸進對面去的自己的靈魂似的。小堇又愛這形貌，同時又深覺害怕。妙妙一微笑，眼角便形成迷人的皺紋。「到我家去吧。我有東西給妳看。」

4

上大學的第一個暑假，我曾經一個人獨自晃到北陸去旅行，在電車上認識了一個也是獨自一個人旅行大我八歲的女人，一起共度過一夜。當時還想道好像『三四郎』開頭的情形一樣。

她是在東京的銀行從事外匯工作的人。一能夠請假時，總是抱著幾本書一個人去旅行。她說「跟別人一起旅行只有更累而已。」感覺人滿好的，而且不知道爲什麼會對像我這樣青澀而沉默的18歲學生感興趣，我眞搞不懂。不過她坐在對面的座位上，一面跟我談一些無關痛養的話時，看來好像非常輕鬆的樣子。經常高聲笑著。我也很難得能夠這麼放鬆地談了很多話。兩個人碰巧都在金澤站下車。她問我「有地方住嗎？」我一回答沒有時(到當時爲止我還從來沒有預約過住宿的地方)，她說她已經定了飯店，不妨一起住。「你不用客氣，因爲一個人和兩個人所付的錢都一樣。」

我因爲很緊張，第一次做很不自在，沒能夠順利做好。我因此而道歉。

「這種事不必——道歉。」她說。「你禮貌還眞周到。」

她淋浴出來之後，用浴袍裹著身體，從冰箱拿出兩罐冰啤酒，給我一罐。

啤酒喝了一半之後，她好像忽然想到似的說「你會開車嗎？」我回答會。

「怎麼樣，技術好嗎？」

「駕照才剛拿到，還不太熟練。算普通吧。」

她微笑著。「我也一樣。自己以爲相當會了，但旁邊的人卻不這樣說。所以只能算是普普通通吧。不過你周圍一定有幾個開車開得非常好的人吧？」

「有啊。」

「反過來也有不太行的人。」

我點點頭。她安靜地再喝一口啤酒，思考了一下。

「這種事情，一定某種程度是天生的吧。也許可以稱爲一種才能。有的人手巧，有的人手不巧……。不過和這同時，我們周圍有的人很小心，也有人不太小心。對嗎？」

我再點了一次頭。

「而且，你稍微想想看。如果你跟誰一起開車做長途旅行噢。組成搭檔隔一段時間就交換開。那麼在這種情況下，你會選擇哪一型的對象？開車技術好但粗心大意的人，還是技術不怎麼好卻很小心的人？」

「後面這種。」我回答。

「我也一樣。」她說。「我想這也跟那件事一樣吧。擅長不擅長，靈巧不靈巧，並不是多重要的事。我這樣覺得。很用心——這才最重要。把心定下來，要很注意地去側耳傾聽各種聲音。」

「側耳傾聽？」我問。

她只是微笑著而已，什麼也沒說。

稍過一會兒第二次做愛的時候，變得非常順利，心意彼此互通了。很用心地側耳傾聽是怎麼回事，我好像有點懂了。而且那時也是第一次看見做愛真正順利時女人會出現什麼樣的反應。

第二天，一起共用早餐後，我們就各自往不同的方向分開了。她繼續她的旅程，我繼續我的旅程。臨分手時她說，預定兩個月後將跟同一個辦公室的同事結婚。「他是一個非常好的人。」她笑瞇瞇地說。「我們交往了五年，終於要結婚了。所以，往後就暫時不太可能一個人旅行了。這也許是最後一次。」

當時我還年輕，以為這種彩色事件在人生中或許經常會發生。等到發現事情並不是這樣時，已經是很久以後了。

很久以前，在某種情況下我曾經跟小堇提過這件事。我不記得爲什麼會提到這件事了。或許是在談到有關性慾的形式時吧。不過不管怎麼說，當我被人家從正面衝著問到什麼時，依我的個性，大多都會老實回答。

「這件事重點在哪裡？」小堇當時這樣問。

「要很用心，大概就是這件事的重點吧。」我說。「不要從一開始就決定要這樣那樣的，隨狀況反應坦然地側耳傾聽，讓心和頭腦都經常敞開著。」

「哦？」小堇說。她似乎在腦子裡反芻著我那微小性冒險的插曲。或許在考慮能不能適當寫進自己的小說裡去。

「不過總之，你倒是有相當多各種經驗啊。」

「才沒有什麼各種經驗。」我穩重地抗議道。「只是偶然碰到那樣的經驗而已。」

她一面輕輕咬著指甲，一面尋思了一會兒。「不過要很用心的話，該怎麼做才好呢？一旦遇到什麼情況時，心想好吧，現在開始要很用心噢，要側耳傾聽噢，於是就忽然變成很會了。不可能吧？你能不能說得稍微具體一點。例如怎麼樣？」

「首先心情要鎮定。例如——數數字之類的。」

「還有呢？」

「嗯，也可以想想夏天午後冰箱裡的小黃瓜。當然這只是打個比方而已。」

「我猜。」小堇停頓一下後說。「你每次都一面想像夏天午後冰箱裡的小黃瓜一面跟女人做愛對嗎？」

「沒有每次。」

「不過偶爾會。」

「偶爾。」我承認。

小堇皺起眉尖，搖了幾次頭。「看不出你這個人還真怪啊。」

「每個人都有某方面是怪的。」我說。

「在那家餐廳裡，被妙妙一直握著手，目不轉睛地盯著時，我腦子裡一直在想著小黃瓜。心想必須鎮定，必須側耳傾聽。」小堇對我說。

「小黃瓜？」

「你以前告訴過我，夏天午後冰箱裡冰過的小黃瓜，你不記得嗎？」

「妳這麼一說，確實有過這麼回事。」我想起來了。「那麼，有沒有一點幫助？」

「多少有。」小菫說。

「那就好。」我說。

小菫把話轉回本題。

「妙妙住的大廈從餐廳走路一下就到了。房子雖然不太大不過很漂亮。有採光良好的陽台、有觀葉植物盆栽、義大利製皮沙發、Boss音響喇叭、成套的版畫、停在停車場的Jaguar。她一個人住在那裡。跟她先生一起住的房子則在世田谷區的某個地方。到了週末她就回到那裡去。不過平常則在青山的大廈住宅裡一個人住。你猜在那個房子裡她讓我看什麼？」

「放在玻璃盒子裡的Marc・Bolan愛用的蛇皮涼鞋。述說搖滾歷史時不可或缺的貴重遺產。一片鱗片都沒有掉落。在沒有踏到泥土的地方還有本人的簽名。歌迷愛死了。」

小菫皺著眉嘆一口氣。「如果能發明以無聊笑話當燃料的車子的話，你一定已經跑很遠了噢。」

「不過，世上也有所謂知的枯竭。」我謙虛地說。

「OK，那個暫且不提。這次認眞想想看。你猜我在那裡看到什麼了？如果猜中的話，這裡的帳就由我來付。」

我乾咳一聲說，「看到今天妳身上穿的華麗服裝。叫妳穿著這個到辦公室去上班。」

「答對了。」小堇說。「她有一個跟我個子差不多高的朋友，那個人也很有錢，反正衣服多得穿不完。這個世界眞奇怪噢。也有衣服多得衣櫥都裝不下的人，也有像我這樣湊合穿著左右襪子不成對的人。不過算了，不提這個。總之她到那個朋友家去，爲我要了一堆『剩餘的』衣服來。仔細看雖然有一點點退流行，不過猛一看倒還不會發現吧？」

再怎麼仔細看都不會發現，我說。

小堇滿意地微笑了。「尺寸眞是合得令人難以相信。從洋裝、胸罩、到裙子，一切都合。只有腰必須改小一點，不過只要繫上皮帶就沒問題可以穿了。鞋子則很巧，妙妙的尺寸跟我大致一樣。所以我就領了一些她不要的鞋子回來。高跟的、低跟的、夏天的涼鞋。全都是附有義大利人名字的。順便連皮包也有。還有少許化粧品。」

「就像《簡愛》的情節似的。」我說。

就這樣，小堇開始每週到妙妙的辦公室去露面三天。她穿著套裝或洋裝，蹬著有跟的皮鞋，甚至還稍微化了一點粧，搭上通勤電車，從吉祥寺到原宿站去上班。她居然能好好搭得上中午以前的電車，讓我實在難以相信。

妙妙除了赤坂有公司的辦公室之外，還在神宮前擁有只屬於自己的辦公室。那裡只有妙妙的桌子，還有給助手(指小堇)用的桌子，有保管資料的櫥櫃，傳眞機、電話和麥金塔Power Book筆記型電腦。是一間大廈套房，附有一個聊備一格的小廚房和浴室。有放CD的音響和小型喇叭，擺著一打左右的古典音樂CD。位於大廈三樓，朝東的窗戶看得見外面有一座小公園。一樓是北歐進口家具的展示間。地點在從大馬路稍微縮進一點的地方，街上的噪音也幾乎傳不到這裡。

小堇到了辦公室，就先換花瓶的水。用咖啡機泡咖啡。然後聽答錄機裡的電話留言，檢查Power Book裡的電子信箱。如果有信進來就列印出來，排放在妙妙桌上。多半是外國公司或代理商傳來的信，幾乎都是英文或法文。如果有郵件就開封，明顯知道是不要的就丟掉。一天有幾通電話打進來。也有外國來的電話。小堇問過對方的名字和電話號碼，如果有事也做筆記把事情記下來，再傳話到妙妙的行動電話去。

妙妙大約下午一點到兩點之間到辦公室露面。然後在那裡待一小時左右，給小堇必要的指示，喝咖啡，打幾通電話。如果有必要回答的信，就口述讓小堇打進文字處理機，或直接用電傳，或用 Fax。大多是內容簡單的事務性信件。有時是為她預約美容院、餐廳或回力球場。這些全都做完之後，妙妙跟小堇稍微聊一下天，然後又不知道出去哪裡。

小堇一個人在辦公室留守著，有時幾小時都沒跟人說話，但她既不覺得寂寞也不覺得無聊。小堇複習一週上兩次的義大利語課程所教的功課。背不規則動詞的活用，用錄音機錄下來修正自己的發音。學習電腦機能，簡單的難題已經可以自己處理了。她打開硬碟裡所收藏的資訊，把妙妙所經手的工作概略重點記進腦子裡去。

妙妙所做的工作，內容大約就像喜宴上她說明過的那樣。她與外國(以法國為主)的小葡萄酒製造業者訂有專屬契約，進口葡萄酒，批發給東京的餐廳或專門的酒店。有時也著手招聘古典音樂的演奏家。其實最煩雜的實務工作已經由專門處理這些的大代理商經手，她所做的只是企劃和最初階段的接觸安排。妙妙所擅長的，是發掘還沒太成名而有才華的年輕演奏家，把他們請到日本來。

至於這種妙妙的「私人事業」能賺多少利益，並不清楚。會計的碟片好像另外保管的樣子，而且有些碟片如果沒有密碼也不能開啓。不管怎麼說，小堇只要能跟妙妙見面談話就已經開心得不得了，心都會怦怦跳。心裡想著那張是妙妙坐的椅子，那是妙妙用的原子筆，那是妙妙用來喝咖啡的馬克杯。她吩咐的事情，不管多微細都會盡全力去做。

有時妙妙會邀她兩個人一起去吃飯。因爲在做葡萄酒的生意。有必要定期走訪有名的餐廳，把各種資訊預先裝進腦子裡。妙妙總是吃白肉的魚(偶爾會點雞肉卻留下一半沒吃)，不吃飯後甜點。她仔細地檢討葡萄酒單，選好後就點整瓶的，但她自己卻只喝一杯而已。「妳盡量喝。」妙妙雖然這麼說，但小堇一個人再怎麼樣也喝不了多少。所以高價葡萄酒總是剩下半瓶以上，妙妙卻不介意。

「兩個人點一瓶不是太浪費嗎？還喝不了一半。」有一次小堇試著對妙妙說。

「這沒關係。」妙妙笑著說。「葡萄酒這東西，剩下越多，越可以讓店裡的人試喝味道。從酒倉專員、服務生領班、到最基層倒水的服務生。這樣子大家才會逐漸記得各種葡萄酒的味道。所以上等葡萄酒點了之後剩下來不喝完，並不算浪費喲。」

妙妙確認過1986年份的法國波爾多 Medoc 產的葡萄酒顏色，然後好像在吟味文體般，從各種角度仔細地吟味。

「不管任何事都一樣，結果最有用的，是勞動自己的身體，花自己的錢所學到的。而不是從書上得來的現成知識。」

小堇拿起玻璃杯，學妙妙那樣仔細地用嘴含進一口葡萄酒，然後送進喉嚨深處。口中一時留下很舒服的風味，但等數秒鐘後，就像夏天葉子上的朝露蒸發一般，不留痕跡地消失了。這樣子，舌頭又已經準備好可以品味下一口菜了。每次和妙妙兩個人一起吃飯聊天時，就會學到一些東西。自己居然對這麼多事情一無所知，小堇不得不單純地對這事實感到驚訝。

「我到目前爲止，從來沒有想過要變成自己以外的任何人。」有一次，也因爲比平常稍微喝多了一些葡萄酒，小堇終於對妙妙坦白說出。「有時候會想如果能變成妳不知道有多好啊。」

妙妙停頓了一下呼吸。然後好像又想起來似的拿起葡萄酒杯，送到嘴邊。由於光線的關係，她的眼珠看來好像一瞬間被染成葡萄酒的深葡萄色似的。那臉上失去了平日常有的微妙表情。

「妳大概不知道吧。」把玻璃杯放回桌上，妙妙以沉穩的聲音說。「在這裡的我並不是眞正的我。從現在算起的14年前，我變成眞正的我的一半。我想如果我在還是完整的我那時候，能夠遇到妳的話不知道該有多好。不過現在想這個也沒有用了。」

小堇實在太驚訝了，沒辦法再說什麼。所以當時當然應該問的事情也就錯過機會問了。14年前她到底發生什麼事情？爲什麼會變成「一半」呢？所謂「一半」到底是指什麼事情？不過這種謎樣的發言，結果也只有讓小堇對妙妙的愛慕越變越深而已。眞是個不可思議的人，小堇這樣想。

透過片片段段的日常交談，小董可以得到有關妙妙的幾個事實。妙妙的先生是大她五歲的日本人，但由於在漢城大學經濟系留學兩年，所以能講流利的韓國話。爲人敦厚，工作非常能幹，實質上是由他主導掌管妙妙公司的事務。雖然公司裡妙妙娘家的親戚很多，但沒有一個人說過他的壞話。

妙妙從小就很會彈鋼琴。十幾歲時，就曾在以少年音樂家爲對象的幾個比賽中得過冠軍。進入音樂大學，接受著名鋼琴家的指導，然後又被推薦到法國的音樂學院留學。她所彈的曲目以從舒曼、孟德爾頌之類浪漫派後期，到浦朗克、拉威爾、巴爾托克、普羅柯菲夫等前後爲止。敏銳而感性的音色，和強有力而完美的技巧是她的武器。從學生時代開始她就開了幾次演奏會，風評也不錯。看來以一位音樂會鋼琴演奏家的未來而言，在她眼前似乎已經展開光明前途了。但因爲留學中父親健康情況惡化，妙妙只好蓋起鋼琴回國。從此以後她的手就不再碰鍵盤了。

「爲什麼能那麼乾脆地就把鋼琴丟掉呢？」小董有點顧忌地問。「如果不想講的話，就不要講好了，怎麼說呢，我只是覺得有點奇怪而已。因爲妳到那時候爲止，不是爲了要當一個鋼琴家而一直犧牲了很多東西嗎？」

妙妙以靜靜的聲音說。「爲了要當一個鋼琴家我所犧牲的不是很多東西，而是一切東西喲。包括我成長過程的一切東西。鋼琴對我，既要求我全部的血和肉當作奉獻的犧牲品，而且我不能對這個說No。一次都不能。」

「既然這樣妳難道不覺得放棄鋼琴不彈了很可惜嗎？既然已經來到只差一步的地方了。」

妙妙好像反過來求小堇回答這個問題似的，一直盯著小堇的眼睛。深沉而筆直的視線。她那對眼珠底下，像急流中的滯留物似的，有幾道無言的流勢互相衝撞著。這些激流所捲起的東西，花了一些時間才落定在原來的地方。

「對不起我多嘴問了不該問的事。」小堇道歉。

「沒關係。只是我也還沒辦法回答而已。」

這個話題從此就沒在兩個人之間被提出來過。

妙妙的辦公室禁煙，她也不喜歡人家在她面前吸煙。所以開始工作後不久，小堇就決心戒煙，但因爲過去是一天抽兩包Marlboro的，所以事情並沒有那麼順利。從此過了大約一個月左右，她就像被切掉毛茸茸尾巴的動物般，精神失去了平衡(雖然那本來也算不上是她的資質特徵)。當然也就經常半夜裡打電話來。

「我老是想抽煙。沒辦法睡好，一睡著就會作惡夢，動不動就便秘。書也看不下去，文章更是一行也寫不出來。」

「這種事戒煙的時候誰都會經驗到。有一段時間多多少少會的。」我說。

「別人的事情怎麼樣說來都很簡單噢。」小董說。「我猜你大概一輩子從來沒抽過煙吧。」

「如果別人的事情怎麼樣都不可以隨便說的話，那世界會變成一個非常陰鬱而危險的地方。妳只要想一想史達林所做的事就好了。」

電話那一頭小董長久沉默著。彷彿東部陣線的亡靈所帶進來的沉重沉默一般。

「喂，喂。」我出聲問。

小董終於開口「不過老實說，我寫不出文章或許不只因爲戒了煙的關係。當然我想那也是理由之一，不過不只是這樣。或者該說，戒煙好像變成一個藉口似的。好像說『沒辦法寫是因爲正在戒煙的關係。那就沒辦法啦。』這樣。」

「所以妳就特別生氣？」

「嗯，大概吧。」小董很稀奇地坦白承認了。「而且不只是寫不出來而已喲。最難過的是，對寫文章這行爲本身，已經不像以前那樣有明確自信了。不久以前所寫的東西重新拿起來讀時，也覺得一點趣味都沒有，到底想說些什麼，連自己都抓不到重點。就像從遠遠瞧著剛才脫下的髒襪子邋遢地掉落地上一樣，些微有這種感覺。一想到那東西是自己花了相當多時間和精力特地寫的時，就覺得活著眞厭煩。」

「這種時候，就可以半夜三點多打電話，把正沉入和平而記號性睡眠中的某個人象徵性地挖起來呀。」

小菫說，「嘿，人會不會爲了不知道自己現在正在做的事到底對不對而感到迷惑？」

「很少人不感到迷惑的。」我說。

「眞的？」

「眞的。」

小菫用指甲叩叩叩地敲著門牙。這是小菫在思考事情時，幾種毛病之一。「老實說，我過去完全沒有這種煩惱。我不是說我對自己有自信，或確信有才華之類的噢。我也不是這麼自以爲是的人。我知道我是個半桶水，沒耐心而任性的人。可是從來沒有迷惑過。就算多少做錯過一些事，但我相信大體上來說，我是朝著正確方向前進的。」

「到現在爲止妳都很幸運啊。」我說。「一直很單純地，就像只要在插秧的時候能順利下很長久的雨就行了一樣。」

「或許是這樣。」

「但最近卻不是這樣了。」

「對。最近不是這樣。常常開始覺得自己過去好像一直都在繼續做一些判斷錯誤的事情似的，覺得好恐怖。半夜裡會作一些活生生的夢忽然嚇醒，有一會兒不知道到底什麼才是眞正實在的，有沒有？就是那種感覺。我說的，你懂嗎？」

「我想我懂。」我說。

「我也許再也寫不出什麼小說了。最近我常這樣想。我只是在那邊蠕動著的不知天高地厚的愚蠢女孩子之一而已，只有自我意識特別強，一直傻傻地在追著不可能實現的夢而已。我也許應該趕快把鋼琴蓋子蓋起來走下舞台去，在還沒有太遲之前。」

「鋼琴蓋子蓋起來？」

「比喻的意思嘛。」

我把聽筒從左手移到右手拿。「我有確實的信心。就算妳沒有，我也有。妳有一天一定能寫出很棒的小說。只要讀過妳寫的東西，就知道。」

「你眞的這樣想嗎？」

「打心底這樣想。不騙妳。」我說。「這種事情我不會說謊。妳到目前爲止所寫的文章中有很多印象深刻的傑出部分。例如妳描寫五月的海邊時，我耳邊就聽得見風的聲音，鼻子聞得到文章裡有海潮的氣味。兩臂感覺得到太陽微微的暖意。例如妳寫到被香煙的煙霧所瀰漫的狹小房間時，讀著之間眞的變得快窒息了。眼睛也痛起來了。這種有生命的文章並不是誰都會寫的。妳的文章裡，有好像它自己會呼吸會動似的自然的流動和力量。現在只是那些還沒有完整串聯凝聚成一體而已。鋼琴蓋子不必蓋起來。」

小菫沉默了10秒或15秒。「那不是安慰、或鼓勵之類的嗎？」

「不是安慰或鼓勵之類的，而是筆直而強有力的事實。」

「像莫爾道河一樣？」

「像莫爾道河一樣。」

「謝謝。」小菫說。

「不客氣。」我說。

「你這個人有時候會變得非常溫柔噢。好像聖誕節和暑假和剛出生的小狗全湊到一起了似的。」

我每次被人家誇獎時總是這樣，嘴巴會含糊地嘀咕著莫名其妙的話來。

「不過我偶爾會心裡掛著。」小菫說。「有一天你也會跟某個像樣的女孩子結婚，而把我忘得一乾二淨。那時候我半夜想打電話也不能隨便打了。對嗎？」

「如果有話要說，可以在天黑以前打來呀。」

「白天不行啦。你眞是什麼都不了解。」

「妳才是什麼都不了解呢。世間大多的人都是在太陽下工作，夜晚把燈關掉睡覺。」我抗議道。不過那聽起來好像有人在南瓜田裡吟唱著牧歌式的自言自語似的。

「上次報紙上還登過。」小菫根本忽視我的發言。「說同性戀的女性生來耳朵裡某塊骨頭形狀和普通女性有決定性的不同。不知道叫做什麼名字很麻煩的小骨頭。也就是說女同性戀並不是後天的傾向，而是遺傳性資質噢。這是美國醫師發現的。雖然猜不透他爲什麼會突然想到要開始研究這個。但不管怎麼說，自從看到那報導以來，我對耳朵深處那沒什麼了不起的骨頭開始在意得不得了起來喲。我想我的那塊骨頭到底長成什麼形狀呢。」

因爲不知道該說什麼才好，所以我沉默著。像在大大的平底鍋裡倒進新的油時那樣的沉默暫時繼續著。

我說，「妳對妙妙所感覺到的是性慾沒錯嗎？」

「我想百分之百沒錯。」小菫說。「出現在她前面時，耳朵裡的那塊骨頭就會叮噹叮噹響。好像用薄薄的貝殼做的風鈴一般。而且我希望她緊緊用力擁抱我。想把一切都交給她。如果說那不是性慾的話，那麼我血管裡流的就是番茄汁了。」

「嗯。」我說。沒辦法回答。

「這樣想時，過去的種種就解釋得通了。爲什麼和男孩子沒有性趣呢。爲什麼對什麼都沒有感覺呢。爲什麼自己跟別人都不一樣呢。我一直這樣想。」

「我可以發表意見嗎？」我說。

「當然。」

「一切都可以順利解釋得通的理由和理論之中，一定會有什麼陷阱。那是我的經驗法則。就像有人說過的那樣，如果能用一本書說得清楚的事，最好不要說明比較好。我想說的換句話就是，還是不要太快跳到結論比較好。」

「我會記得。」小堇說。然後說完竟然很唐突地就把電話掛斷了。

我想像她把聽筒放回去，走出電話亭離去的樣子。時針指著三點半。我到廚房去喝一杯水，然後再鑽進床上閉起眼睛。然而睡意並不容易回來。我拉開窗簾，白色的月亮像聰明的孤兒般沉默地浮在空中。實在不可能再睡著。於是我泡了一杯新的濃濃的咖啡，把椅子搬到窗子邊，就在那裡坐下來，吃了幾片加上乳酪的餅乾。然後一面看書一面等待天亮。

5

至於我自己，我想稍微談一點。

當然這是小堇的故事，不是我的故事。但因爲是透過我的眼睛來談小堇這個人，談她的故事的，所以某種程度上也就變成有必要說明我是誰了。

不過要談自己時，我總是會被捲入輕微的混亂中。伴隨著「我是誰？」這個命題，必然會被古典的 **paradox**（悖論——似是而非似非而是的矛盾反論）所絆住。也就是純從資訊量來說，在這個世界上當然沒有任何人比我談我自己能談得更多了。不過當我要談我自己時，被談的我必然會被開談的我——所有的價值觀、感覺尺度、身爲觀察者的能力等，種種現實上的利害——取捨、選擇、規定、切除。那麼，在這裡被談到的「我」的形象，到底有多少客觀的眞實呢？我對這點非常擔心。或者應該說，從過去到現在一直都很擔心在意。

不過世上大多的人看來幾乎都沒有感覺到這類的害怕或不安。人們只要一有機會，就會以直率得驚人的表現法來談自己。例如「我是一個會被人家說傻瓜的藏不住話的直腸子」或「我這個人很容易受傷，沒辦法跟社會上的一般人好好相處」或「我這個人很擅長看穿對方的心」，把這種話掛在嘴上講。不過我卻曾經親眼目睹好幾次「容易受傷的人」，不必要地去傷害一些別人的心。目睹「藏不住話的直腸子」的人，在不經意之下其實卻把事情往有利於自己的方向去繞圈子合理解釋。目睹「擅長看穿對方的心」的人，輕易被明明看得出只是嘴巴上的奉承諂媚的人騙得團團轉。那麼我們其實對自己到底又知道什麼呢？

這些事情想得越多，我對於談我自己（即使有必要這樣做的時候）就變得想要保留了。我想與其這樣倒不如對所謂我的存在之外的東西，盡量多知道一些客觀事實。而且我想透過那些個別事項與人物，在我心中佔有什麼位置之類的分布情形，或者包含那些我所採取的平衡方式，盡量客觀地掌握所謂我這個人的存在。

這是我在經歷整個十幾歲的年代在自己心中培養起來的觀點，或者說得大一點是世界觀。就像泥水匠配合著拉緊的繩線把磚瓦一塊一塊疊砌起來一樣，我把這一類的想法一點一點地在自己心中累積起來。與其說是理論性的不如說是經驗性的。與其說是思惟性的，不如說是實務性的。不過對這樣的東西的看法，要容易了解地對別人說明是很難的——我在各種情況下親身體驗深深感觸才學到的。

大概因為這樣吧，從思春期中段的某個時點開始，我開始在自己和別人之間畫上一條眼睛看不見的界線。不管對任何人都保持一段距離，開始一面留意著不縮短距離地盯緊對方的出手方式。開始對別人嘴巴上說的話不輕易囫圇吞棗。我對世界毫無保留的熱情，只限於在書本和音樂中才看得出來。而且也許是理所當然的吧，我變成一個說來算是孤獨的人。

我出生並成長在一個極普通的家庭。甚至實在太平凡了，都不知道該從哪裡開始談才好。父親從地方上的國立大學理學院畢業後，進入一家大食品公司的研究所上班。興趣是打高爾夫。星期天總是去打高爾夫。母親很喜歡創作短歌，常常去參加這種同好聚會。名字被登出在報紙上的短歌欄時，有一段時間心情都會很好。她喜歡打掃、討厭做飯。跟我相差五歲的姊姊則打掃做飯都討厭，認為這種事情應該是由別人做的。所以在我能夠站在廚房以後，就開始自己做自己吃的東西了。我買了食譜來，大多的東西都學會做了。會做這些事的小孩大概只有我而已。

我雖然生在東京都杉並區，但小時候就搬到千葉縣的津田沼去，在那裡長大的。周圍全都是同類型的上班族家庭。姊姊在學校的成績特別優秀，她自己個性也是成績不考到最前面就不甘心的，總之一切沒有用的事情她都一概不做。連家裡養的狗她都從來不牽出去散步。從東京大學法學院畢業之後，第二年就拿到律師資格。她丈夫是能幹的經營顧問。在代代木公園附近買了四房的豪華大廈住，但一屋子經常像豬圈般凌亂。

我跟姊姊不同，對學校的功課完全沒興趣，也對成績的名次沒興趣。因為不想被父母嘀咕，所以義務性地去上學，只把最低限度的預習和複習做完。此外就是參加足球隊的活動，回到家就躺在床上，沒完沒了地看小說。既不去補習班，也不請家庭教師。雖然如此學校成績還不錯。不如說算是好的。我想看情形也許完全不必為聯考特別用功就可以考上某個穩當的大學吧。實際也考上了。

上了大學之後，我總算租了一間小公寓開始一個人生活了，但記憶中住在津田沼的家裡時，我也幾乎沒有跟家人親密地談過話。我幾乎不能了解同住在一個屋簷下的雙親和姊姊是什麼樣的人，還有他們對人生到底追求什麼。我想他們大概也同樣不了解我到底是什麼樣的人，對人生又追求什麼。不過一提出這種事情來，連我自己也不太清楚自己對人生在追求什麼。雖然我比一般人喜歡看小說，但並不認為寫文章的能力足夠立志當小說家的地步，而要當編輯或評論家又嫌自己偏好太激烈。小說對我來說純粹是個人的喜好，應該悄悄地保留在除了讀書和工作之外的別的地方。所以我大學主修的不是文學，而是歷史。雖然並不是對歷史特別關心，不過實際開始接觸之後發現那是一門相當有趣的學問。但如果說因此就繼續去上研究所嘛（其實指導教授就曾經這樣勸過我），又沒有把自己全副精力奉獻給歷史學的心情。雖然我確實喜歡讀書和思考事情，但畢竟不是一個適合當學者的人。如果借用一句普希金的詩的話，也就是說：

無意涉獵於諸國歷史事件
堆積如山的陳年厚塵之中

——尤金．奧涅金

話雖這麼說，卻也不想在一般公司裡找一個職位，加入不知何時方休的激烈競爭裡求生存，在高度資本主義社會的金字塔斜坡一步步往上攀登。

因此我經過所謂消去法的過程選擇了當教師。學校在離我住的公寓搭電車幾個站的地方。碰巧我叔叔在那個市的教育委員會，他問我要不要當小學教員，因為有教育課程的問題，最初雖然只有講師資格，但經過短期間的進修之後就可以取得正式教師資格。我本來並沒有想當教師。但實際試著當了教師之後，發現居然對這工作比我預期的懷有更深的敬意和熱愛。不，或許應該說，碰巧偶然發現懷有深深敬意和熱愛的自己，這種說法是比較正確的表現。

我站在講壇上，對小學生講解與世界、生命、和語言有關的基本事實，教授他們，同時透過孩子們的眼睛和意識，也對我自己重新述說、教授有關世界、生命、和語言有關的基本事實。因做法的不同，那可以變成既新鮮又有深度的工作。而且我還能夠和班上的學生們、學校的同事們、學生的母親們維持大致良好的關係。

雖然如此根本的疑問依然還留著。所謂我是什麼？我在追求什麼？要往哪裡去呢？

和小堇見面談話時，我最能活生生地感覺到所謂我自己這個人的存在。除了自己說之外，我其實更熱心傾聽她說話。她問了我各種問題，想找到這些問題的答案。要是沒有回答，她就會抱怨，如果那回答在實際上沒有效時，她就會認眞的生氣。在這層意義上，她跟其他大多數的人不同。小堇對這些問題打心裡需要我的意見。所以我對她的問題逐漸變得能夠確實地回答了。而透過這一問一答之間，我對她（同時也對我自己）也逐漸露出更多的我了。

我和小堇一見面，總是花很長時間談話。不管談多久，都不會厭倦。話題也談不完。我們比一般戀人聊得更熱心更親密。談關於小說、關於世界、關於風景、關於語言。

我經常在想我跟她如果能成爲戀人，不知道有多棒。眞希望我的肌膚能感覺到她肌膚的溫暖。可能的話，甚至希望能跟她結婚，跟她一起生活。然而另一方面，小堇對我卻沒有戀愛感情或性的關心，這點是絕不會錯的。她到我住的地方來玩，談得很投入，偶爾談到深夜就那樣住下來。但就是從來都沒有一點微妙的跡象。到了半夜兩三點時，她打了呵欠就上床，把臉埋在我的枕頭上，便呼呼地睡著了。我在地板上舖好棉被躺了下來，卻沒辦法順利入睡，一面被妄想、迷惑、自我嫌惡，和偶爾難以避免的肉體反應所惱，一面一直到外面天開始變亮了還醒著。

要接受她幾乎（或完全）不對我是個男性感到關心的這個事實，當然不是一件簡單的事。小堇在我眼前時，我面對著她有時會感到身體像被銳利的刀子切割般切實的疼痛。但不管會帶來什麼樣的痛苦，能跟小堇相處的一段時光，對我來說都是無比貴重的時間。在她面前，就算是暫時的也好，我就可以一時忘記孤獨這基調。她把我所屬的世界往外擴張一圈，讓我可以大大的呼吸。能夠做到這個的只有小堇一個人。

所以我爲了減輕痛苦，迴避危險，便開始和其他的女性發生肉體關係。我想這樣的話和小堇之間就可以不必介入性的緊張了。我在一般的意義上，並不是很有女人緣。並沒有天生比人強的男性魅力，也沒有什麼特殊才能。但不知道爲什麼（我自己也不知道原因）就是有某種女人對我感興趣，有意無意地靠近來。而且只要能自然地得到那樣的機會，要和她們發生性關係並不是很難的事，有一段時間我發現了這個事實。雖然其中看不出足以稱得上熱情的東西，不過至少有某種舒服的感覺。

我跟其他女人有這種性關係，對小堇我並沒有刻意隱瞞。雖然沒有談到細節，但她知道大概的情形。可是她並不怎麼介意。如果其中有什麼問題的話，就是這些女性對象年紀全都比我大，有先生或未婚夫或男朋友。最新的對象，是我帶的班上學生的母親。我跟她每個月有兩次，悄悄約會睡覺。

這種事情總有一天會要你的命噢，只有一次小堇忠告我。恐怕正如她所說的吧，我也這樣想。不過對這事情，我也一點辦法都沒有。

七月初的星期六有一次遠足。我帶班上的35個學生到奧多摩去登山。就像每次那樣在高高興興又興奮中開始，卻在無法收拾又亂成一團中結束。到山頂之後一看，班上有兩個學生忘記把便當放進背包裡。周圍並沒有什麼商店。沒辦法，我只好把學校給我的海苔捲便當各分一半給這兩個學生。我吃的東西沒了。雖然有人分給我牛奶巧克力，可是從早晨到傍晚之間，我吃進嘴裡的只有這個而已。然後一個女孩子開始說她已經走不動了，我不得不背著她走下山。兩個男孩子半開玩笑地扭打起來，一個不小心跌倒時頭撞到石頭。引起輕微的腦震盪，流了大量的鼻血。雖然不是很嚴重，但那孩子所穿的襯衫，卻好像發生什麼殘殺後似的滿身是血。

就因爲這樣，我累得好像老舊枕木般筋疲力盡地回到家。我泡了澡，喝了冷飲，什麼也沒想地鑽進床上，把燈關掉就那樣安詳地入睡了。這時候小堇打電話來。我看看枕邊的鬧鐘，才睡一小時多一點而已。雖然如此我還是沒抱怨。太累了，連抱怨的力氣都沒有了。也有這種日子。

「嘿，明天下午能不能見個面？」她說。

傍晚六點有一個女人要來我住的地方。她會把紅色 TOYOTA Celica 停在稍離一段距離外的停車場裡，來按我的門鈴。「四點以前的話有空。」我簡潔地說。

小堇穿著白色無袖襯衫深藍色迷你裙，戴著小小的太陽眼鏡。身上的飾品只有塑膠髮夾而已。裝扮非常simple。也幾乎感覺沒有化妝。她幾乎是以天生的樣子暴露在這個世界。但不知道爲什麼我起初還認不太出是小堇。上次見面之後才經過不到三星期，但隔著桌子眼前所看到的她，卻顯得跟以前的小堇屬於不同世界的人似的。非常保留地說，也就是她變得非常漂亮。有什麼在她內部開花了。

我點了小杯的生啤酒，她點了葡萄柚汁。

「最近的妳，每次見面都差一點認不出來了。」我說。

「就是這種時期呀。」她一面用吸管吸著果汁，一面像在談別人似地說。

「什麼樣的時期呢？」我試著問她。

「嗯，大概就像遲來的思春期吧。早上起來一照鏡子，有時候會覺得自己看起來像別人似的。搞不好，我會把自己像精細雕像般留下來就走掉也不一定。」

「乾脆就讓她先走不是很好嗎？」我說。

「那麼失去了我自己的我，到底要進到哪裡去寄身才好呢？」

「兩、三天的話，可以住在我的公寓。如果是失去妳自己的妳的話，隨時都歡迎。」

小菫笑了。

「笑話可以打住了。」她說。「我到底在往哪裡走啊？」

「不知道。不過總之妳戒了煙，穿上清潔的衣服，穿上左右成對的襪子，會說義大利話，學會選葡萄酒的方法，也會用電腦了，暫且也變成會晚上睡覺早上起床了。大概正朝某個方向前進著吧。」

「而且小說照舊一行也沒寫。」

「任何事情都有好的一面，有壞的一面。」

小菫嘴巴彎起來。「嘿，這種情形，你覺得是不是一種變節？」

「變節？」我一瞬間還不太了解那話的意思。

「變節。信念和主張彎曲改變了。」

「妳是說，開始去工作，穿著打扮變得漂亮一點，停止寫小說的事嗎？」

「對。」

我搖搖頭。「妳以前是想寫小說所以寫，現在如果不想寫了，就沒有必要寫。妳停下來不寫小說了，一個村子不會因此就燒毀。一艘船也不會因此而沉沒。大海的潮汐不會因此而凌亂。革命也不會因此而延遲五年。這種事我想誰也不會稱它爲變節。」

「那麼該稱爲什麼呢？」

我又搖搖頭。「或許只是單純因爲近來誰也不再使用所謂『變節』這個字眼了吧。或許那只是已經退流行被人家荒廢掉了也不一定。如果到某個依舊殘存的公社（commune）去，也許人們還把那叫做變節也不一定。詳細情形我不知道。我所知道的只有，如果妳已經不想寫了，就沒有必要去寫什麼啊。」

「所謂公社，就是列寧所建立的那個嗎？」

「列寧所建立的是蘇聯的集體農場（kolkhoz）。那大概一個也沒剩了。」

「倒也不是不想寫。」小菫說著，考慮了一下。「只是就算想寫，也什麼都寫不出來。坐在書桌前面，腦子裡也浮現不出創意或語言或情景等。真的是連一絲一毫都沒有。不久以前腦子裡還有一大堆寫不完的東西想寫喲。到底發生了什麼事呢？」

「妳在問我嗎？」

小菫點點頭。

我喝了一口冰啤酒。在腦子裡整理著。

「妳現在，大概是正想把自己往一個新的虛構的框框裡放。因爲那邊太忙了，妳的心情沒有必要化爲文章的形式，一定是這樣。或者沒有那個餘裕吧。」

「我也不太清楚，你呢？你也一樣把自己放在虛構的框框裡嗎？」

「世間大多的人，都把自己放在虛構中。當然我也一樣。妳試著想一想車子的變速器（transmission）就好了。那就像放在與現實的粗暴世界間的變速器一樣。把外來力量的作用，用齒輪巧妙調整，轉換成容易接受的狀況。藉著這樣來保護容易受傷的活生生的身體。我說的妳了解嗎？」

小菫輕輕點頭。「大概。但我還沒能夠順利適應那新的虛構框框。你想說的是這個嗎？」

「最大的問題是，妳自己還不知道那到底是什麼樣的虛構東西。既不知道大綱，也沒確定文體。已經知道的只有主角的名字而已。雖然如此，那個正想把所謂妳這樣一個人改造成現實性的人。如果再過一段時間的話，那新的虛構也許會爲了保護妳而順利啓動，妳也會開始看見新世界的模樣。但現在還沒有。當然，也會有危險。」

「也就是說，我已經把自己舊的變速器拆掉了，可是要換新的卻才正在轉緊螺絲的途中。然而引擎卻已經轟轟地在開始旋轉了。你是指這個？」

「恐怕是。」

小菫擺出平常那副不高興的臉色，用吸管尖端長久一直戳著可憐的冰塊。然後抬起臉來看我。

「我也知道其中有危險。該怎麼說才好呢？有時候我好擔心。好像框框一下子被拆掉了似的無依無靠。心情覺得像在沒有引力的牽絆下，一個人獨自漂流在黑漆漆的太空裡似的。連自己在往什麼方向前進都不知道。」

「就像迷了路的人造衛星Sputnik一樣嗎？」

「也許是。」

「可是妳有妙妙。」我說。

「到目前為止。」小菫說。

然後暫時有一段沉默。

我試著問她。「妳想，妙妙也一樣在追求那個嗎？」

小菫點點頭。「我想她也一樣在追求那個。大概跟我差不多一樣強。」

「其中也含有身體的physical領域嗎？」

「這很難說。我還不太能掌握。我想說的只是，她那邊的情形，我想我也正為這個迷惑、混亂中。」

「古典的混亂。」我說。

小菫只把閉緊的嘴唇稍微一撇以代替回答。

「可是妳這邊已經準備好了。」

小菫只點了一次頭。很確實地。她是認眞的。我把背深深靠在椅背上，雙手交叉在腦袋後面。

「我希望你不要因此而討厭我噢。」小菫說。她聲音像高達的古老黑白電影台詞一樣，從我意識的框框之外傳了過來。

「我不會因此而討厭妳的。」我說。

接下來再見到小菫，是在兩星期後的星期天。我幫她搬家。因為搬家是突然決定的，只有我一個人幫忙，不過除了書之外，她的東西只有一點點，所以並不費事。貧窮至少也有一個好處。

我向朋友借了一輛TOYOTA的HIACE，幫她把行李運到代代木上原的新居去。雖然不是特別新或氣派的大廈，不過比起可以稱爲歷史性保存物般的吉祥寺木造公寓來，眞可以說是顯著的進化。這是妙妙很熟的房地產仲介業者幫忙找的物件，以地點的方便來說，房租並不算貴，窗外視野也很好。房間大了兩倍以上。確實有搬家的價值。離代代木公園很近，如果想走路到辦公室的話，並不是不可能。

「從下個月開始我決定每週工作五天。」小堇說。「每星期只上三天好像有一點不夠盡力，每天去上班反而輕鬆。房租比以前高一點了，妙妙也說成爲正式職員在各方面都比較方便。現在反正待在家也寫不出什麼來。」

「這樣或許不錯。」我說。

「每天上班，生活不得不也變規律起來，以後大概不會再半夜三點半打電話到你家了。這也是有利點之一噢。」

「這是很大的有利點之一。」我說。「不過妳住的地方離國立市遠了，倒有一點寂寞就是了。」

「你眞的這樣覺得嗎？」

「當然。這顆不含雜念的心，眞想拿出來給妳看看。」

我在新房子鋪木板的地上坐下來，靠著牆壁。由於家具設備壓倒性的不足，房間顯得空曠曠的缺乏生活感。窗戶沒有窗簾，書架上擺不下的許多書像知性難民般堆積在地上。只有掛在牆上的等身大鏡子特別醒目，那是妙妙送的搬家禮物。聽得見黃昏的風傳來公園烏鴉的聲音。小堇在我旁邊坐下來。「嘿。」小堇說。

「嗯？」

「就算我是個沒有用的女同性戀，你還能跟以前一樣把我當朋友嗎？」

「假如妳變成一個沒有用的女同性戀，那跟這是另一回事。沒有妳的生活就像沒有『Mack the Knife』的『Best of Bobby Darin』一樣。」

小堇瞇起眼睛看我的臉。「我不懂你所比喻的細節是什麼意思，不過那總之是非常寂寞的意思嗎？」

「大概就是這樣吧。」我說。

小堇把頭靠在我肩膀上。她的頭髮用髮夾固定在後面。露出形狀小巧美麗的耳朵。好像剛剛才做好似的漂亮耳朵。柔軟而容易受傷的耳朵。我的皮膚可以感覺得到她呼吸的氣息。她穿著粉紅色小短褲，褪色的深藍色素面T恤。T恤上看得見小小的乳頭形狀。輕微有汗的氣味。那既是她的汗的氣味，也是我的汗的氣味，兩種微妙地混在一起。

我想擁抱小堇的身體。而且被一股想把她就那樣推倒在地板上的強烈衝動所襲。但我知道那是沒有用的。就算那麼做，也不會有什麼結果。我呼吸非常困難，有一種視野急遽縮小的感覺。時間找不到出口，在原地打轉。我長褲底下慾望正在膨脹，變得像石頭一般硬。我感到混亂、迷惑。但總算重新調整好姿勢。把新的空氣送進肺裡，閉上眼睛，在那漫無邊際的黑暗中，慢慢地數著數字。我那時所感到的衝動實在太激烈了，眼睛甚至滲出眼淚來。

「我也喜歡你喲。」小堇說。「在這廣大的世界上比任何人都喜歡。」

「僅次於妙妙嗎？」

「妙妙又有點不同。」

「怎麼個不同法呢？」

「我對她所感覺到的感情，跟對你所感覺到的是不同種類的。也就是說……對了，該怎麼說才好呢？」

「我們這種平凡的沒有用的異性愛者，倒有相當便利的表現法。」我說。「這種時候只要說一個單字『勃起』就行了。」

小堇笑了。「除了想當小說家的願望之外，過去我對人生沒有任何強烈的要求。我一直以來都滿足於只有自己手上擁有的東西，除此之外並不需要什麼。但現在，就是此時此刻，我需要妙妙。非常強烈。我想得到她。希望她成爲我的。我不能不這樣。這裡頭完全沒有所謂選擇餘地。爲什麼會變成這樣呢，我自己也不知道原因。嘿，是這樣子嗎？」

我點點頭。我的陰莖還沒失去那壓倒性的硬度。我祈禱但願小堇沒有發現。

「格爾丘・馬克思（Groucho Marx）有一句很棒的台詞。」我說。「『她強烈地愛戀著我，因此已經搞不清楚事情前後的界線了。那就是她愛我的原因。』」

小堇笑了。

「我想如果順利就好。」我說。「不過最好要非常小心。妳還沒有被保護得夠好。不要忘記這個。」

小堇什麼也沒說，拿起我的手，輕輕握著。她柔軟的小手，微微有點汗濕。我想像她那手碰觸我堅硬的陰莖，愛撫著的情景。要不去想像那個，都不行，我無法不想像。就像小堇說的，這裡沒有所謂的選擇餘地。我想像自己的手脫掉她的T恤，脫掉她的短褲，正在脫她內衣的情景。想像我的舌尖，感觸著她硬挺緊縮的乳頭的情景。然後我把她的腳撥開，進入那濕濕的裡面去。慢慢的，一直到黑暗的更深處去。那個正招引著我，把我包進去，然後又要推出來……。我怎麼也無法停止那妄想。我再一次緊緊閉起眼睛，讓濃密的一段時間漸漸通過。我低垂著臉，靜靜等待熱風從我頭上吹過去。

要不要一起吃晚飯，小董邀我。但我必須把借來的Hiace在當天之內開到日野還人家。而且更主要的是，我想跟我強烈的慾望單獨相處。我不想再把生身的小董繼續捲進那裡頭。在她身邊我沒有自信能控制自己到什麼地步。我甚至覺得如果超越某一點之後，我可能就會變成不是我了也不一定。

「那麼，過幾天我請你吃一頓正式的晚餐。有鋪桌巾附葡萄酒的那種。大概下星期。」臨別時小董跟我約定。「所以週末要把時間留給我噢。」

我說會留給妳。

走過等身大的鏡子前面時，我若無其事地看一下，上面映出我的臉。那張臉露出有點奇怪的表情。那確實是我的臉，然而那卻不是我的表情。但我並沒有再特地轉回去仔細查看一次的心情。

她站在新居門口，目送我離開。還很稀奇地對我揮揮手。不過終究，正如許多美好約定一般，那個晚餐的約定並沒有實現。八月初，我收到小董寄來的一封長信。

6

信封上貼著大大的色彩鮮豔的義大利郵票。郵戳是從羅馬寄的，但日期看不清楚。

那天我隔很久沒去了，難得到新宿街上紀伊國屋書店買了幾本新出版的書，到電影院去看了盧貝松的電影。然後到啤酒館去吃鯷魚披薩，喝中杯的黑啤酒。然後趕在尖峰時段來臨前搭中央線電車，一面看剛買的新書一面回到國立。打算做個簡單的晚餐，然後看電視足球賽轉播。非常理想的暑假過法。又熱又孤獨又自由，既不妨礙誰，誰也不妨礙我。

回到公寓，門口信箱裡就有那封信。雖然沒寫寄件人名字，但一看字跡我立刻就知道那是小堇寄來的。很象形、濃密、堅硬、而不妥協的字。令人聯想到在埃及金字塔偶爾發現的古時候的小甲蟲。好像現在立刻就要蠢蠢欲動起來，就那樣回到歷史的黑暗中去了似的。羅馬？

我先把在回程的路上，從超級市場買來的食品放進冰箱，整理好，倒了一大杯事先冰透的冰紅茶來喝。然後在廚房的椅子上坐下，用現成放在手邊的水果刀割開信封。讀了信。五張印有羅馬 Excelsior 飯店名字的信紙，用藍墨水細細的字密密麻麻地寫得滿滿的。光寫這些大概就要花掉很多時間吧。最後一張的角落，沾上什麼像污點似的東西（咖啡？）

*

你好嗎？

沒有任何預告就唐突地收到我從羅馬寄來的信，想像你一定嚇了一跳吧。或者你實在太酷了，要嚇你的話，羅馬才不夠看呢。也許羅馬的觀光味道太重了。非要像格陵蘭、廷巴克圖（Timbuktu 譯註：在薩哈拉沙漠南邊）、或麥哲倫海峽之類的地方才行是嗎？話雖如此，我自己對我這樣身在羅馬的事實，倒是相當驚訝。

不管怎麼說，謝謝你幫我搬家，那時候約好要請你吃晚飯的，結果卻爽約了眞抱歉。事實上一搬完家之後，突然立刻決定要到歐洲。於是不得不急急忙忙去辦護照，去買皮箱，把做到一半的工作解決掉，忙東忙西的在一片大亂中日子很快就過去了。你也知道我這個人記性不太好，只要我記得，我是會很遵守約定的。所以這件事首先要向你道歉。

我在新家住得很舒服。雖然搬家這種事實在眞麻煩（就算其中大部分都已經由你接下來包辦了，對這點我很感謝，但還是很麻煩），忙完之後倒是相當不錯噢。跟住在吉祥寺實在不一樣，這裡雖然沒有雞，但卻有很多叫聲像請來代哭的老太婆似的很吵鬧的烏鴉。天一亮，這些傢伙就不知道從哪裡成群結隊地飛到代代木公園裡來，好像世界末日要來了似的兇猛地呱呱亂叫，實在沒辦法安靜睡覺。甚至連鬧鐘也不需要了。託牠們的福，我終於變成開始過起跟你一樣的農耕民族式早睡早起的生活。總算有一點了解被人半夜三點半打電話來是什麼滋味了。現在雖然只不過是「總算有一點」而已。

我現在在羅馬的一條巷子深處的一家露天咖啡廳，一面啜著像惡魔的汗一般濃的艾斯布雷咖啡一面寫這封信，但該怎麼說才好呢，正嚐到自己好像不是自己似的有些不可思議的滋味。我不太能夠適當地說明，不過對了，就像正睡得很沉的時候，不知道被誰像分解零件般零零散散地分解過一次，然後又被急急忙忙組合起來似的那種感覺，這樣說不知道行不行。這種感覺你了解嗎？

不管從頭到尾怎麼看，雖然我確實還是我自己，不過卻好像有一點跟平常不一樣的感覺。但我又想不太起來「平常」是什麼樣子了。自從飛機降落以來，我就被這種很眞實的脫結構式錯覺——這應該是錯覺吧——所迷惑。

這樣的現在，一想到「爲什麼我現在會這樣（偏偏不湊巧）身在什麼羅馬呢？」周圍的一切事物，就變得不可思議得不得了。當然循著過去以來的經過情形走下來的話，「我在這裡的事實」自然也有一些道理，但實際的感覺上我卻還無法接受。不管怎麼勉強找理由，在這裡的我，和我所認爲的我自己無法融爲一體。換句話說，就是「老實說其實我也可以不在這裡」。這眞是不得要領的說法，不過你了解我想說什麼嗎？

可是只有一件事是確定的。那就是但願你能在這裡。跟你遠遠離開之後——就算跟妙妙在一起——我還是覺得很寂寞。如果離得更遠的話，我想還會更寂寞吧，一定的。如果你對我也有同樣感覺的話，我會很高興。

就這樣，我現在正和妙妙兩個人在歐洲旅行。她有幾件工作要辦，本來預定一個人花兩星期到義大利和法國各地轉一圈的，後來決定我也以秘書身分同行。事先沒有預告，有一天早上突然告訴我，我也嚇了一跳。雖說是秘書，其實我覺得跟在身邊也沒什麼用處，不過因爲以後或許需要，還有最主要是妙妙說這是「戒煙成功的獎賞」。那麼，長期之間忍耐禁煙的痛苦也有了代價。

我們先搭飛機到米蘭，在街上觀摩一番，然後租了藍色的愛快羅密歐上高速公路往南開。到托斯卡納繞了幾家葡萄酒釀酒廠，談定生意，在小村子的可愛旅館住了幾夜，然後到達羅馬。生意總是用英語或法語談，所以沒有我出場的機會。不過旅行中的日常生活裡我的義大利話倒是相當派上用場。如果到西班牙的話（很遺憾這次沒去），我可以幫她更多忙。

我們所租的愛快羅密歐是手排檔的，我只能投降。所以駕駛由妙妙一手包辦。但她長時間開車似乎也完全不以爲苦。在托斯卡納（Tuscany）丘陵地帶轉彎很多的道路上，一面有節奏地反覆上下換檔一面輕鬆地穿越馳騁，看著她那樣子，我的心（不是開玩笑）在顫抖。遠離日本，光是坐在她身旁不動，我就覺得很滿足了。可能的話但願能永遠這樣。

要開始寫義大利葡萄酒和食物的美味，可能會變得非常長，所以這留到下次有機會再說。在米蘭我們逛了一家又一家的店，買了許多東西。衣服鞋子內衣之類的。我除了忘記帶的睡衣之外，什麼也沒買（既沒有那麼多錢，而且漂亮東西實在太多了，眞不知道該買什麼才好。這種場合我的判斷力，就像保險絲斷了一樣噗哧地停掉），我只要陪妙妙買東西就夠開心了。她怎麼說都是精通買東西的，眞的選的全是漂亮東西，只買一點點。就像點的菜只挑最美味的部分吃一口一樣。非常聰明而迷人。在看她挑高級絲襪和內衣時，我好像一下子呼吸困難起來。額頭甚至開始冒出汗來。這種現象眞奇怪。因爲是女孩子啊。不過，一寫起買東西的事也會變得很長，所以還是割愛。

我們在飯店分別各開一個房間睡覺。妙妙對這種事相當神經質。不過只有一次，在翡冷翠訂飯店時搞錯了，弄成一個大房間兩個人住。雖然是兩張單人床，但跟她兩個人在同一個房間睡，還是令人心跳的經驗。我看見她圍著浴巾從浴室走出來，也看見她在換衣服的時候。當然裝成沒看見似的一面在看書，眼角卻一面稍微瞄一下。妙妙身材非常耀眼。雖然不是全裸，穿著很小的內衣，但依然是令人讚嘆的身材。修長苗條，臀部緊縮，看來簡直像工藝品般。眞想也讓你看一看——這麼說雖然有點奇怪。

我曾經想像自己被那修長苗條而滑溜溜的身體擁抱的情形。我跟她在同一個房間，在床上做這種會讓心撩亂的想像時，覺得自己好像會被推擠流出到不同的地方去似的。我想大概因爲這樣興奮的關係吧，那天晚上我的生理比預定早來了很多，結果很糟糕。嗯。我想這種事情寫信給你也沒什麼用，不過這是一件事實。

昨天晚上我們在羅馬聽音樂會。雖然不是季節，我們對音樂並沒有特別期待，但還是遇到一個非常有魅力的演奏會。阿格麗希（Martha Argerich）彈李斯特的一號鋼琴協奏曲。這是我最喜歡的曲子。指揮是辛諾波里（Giuseppe Sinopoli）。果然是大師的傑出演奏。背脊挺直、視野寬廣、流暢華麗的音樂。不過以我的喜好來說，或許有些太堂皇了。對我來說，這首曲子如果能稍帶一點另類的味道，像大規模鄉村慶典般的演奏方式，也許反而更合適。把太難的部分拿掉，總之我喜歡活潑得令人會心怦怦跳的感覺。這點我跟妙妙意見一致。因爲翡冷翠在舉行維瓦第的音樂節，因此提到要不要也去那裡看看。就像跟你談到小說時一樣，我可以跟妙妙談音樂談個沒完。

這封信已經寫相當長了噢。我只要一提起筆來開始寫文章，中途好像就沒辦法停下來。從以前就這樣。人家說教養好的女孩子不會在別人家待太久，關於寫東西（也許並不限於寫東西，別的也一樣），我的教養眞令人絕望。穿著白色上衣的餐廳領班叔叔，常常會一面看我這邊一面嚇一跳的樣子。不過居然連我的手也寫酸了，所以差不多要在這裡停筆了。信紙也快用完了。

妙妙去見她住在羅馬的老朋友了，我一個人在飯店附近稍微散散步，走進眼前看到的咖啡廳休息，這樣拚命給你寫信。簡直像從無人島上，把信裝進瓶子裡丟到海裡去一樣。很奇怪一離開妙妙，我一個人的時候就提不起勁，不會想去什麼地方。好不容易第一次來到羅馬街上（而且可能不會再來第二次也不一定），卻不想去看什麼遺跡，不想去看什麼噴泉，也提不起興致去買東西。像這樣坐在咖啡廳的椅子上，鼻子像狗一樣嗅著街上的氣味，耳朵傾聽周圍的聲息和音響，望著眼前走過的行人的臉，光是這樣我就夠了。

於是現在我忽然注意到，在這樣給你寫著信之間，我最初說的「覺得變成四分五裂的奇怪心情」好像多少變淡了些似的。我已經不太在意了。就像半夜裡給你打完長電話，從電話亭走出來時的心情一樣。難道你有這種類似現實性的效用嗎？

你自己怎麼想呢？不管怎麼說，請爲我的幸福和幸運祈禱好嗎？我一定很需要這種東西。

再見。

追伸

大概8月15日左右回國。然後，趁暑假還沒結束之前，依照約定一起吃個晚餐吧。

*

五天過後，從一個名字都沒聽過的法國村莊寄來了第二封信。這次的信比上次的短一點。小菫和妙妙把租的車子在羅馬還掉，搭火車到翡冷翠去。在那裡聽了整整兩天的維瓦第。演奏主要在維瓦第擔任司祭的教堂舉行。她寫道「聽了太多維瓦第以至於往後半年都不會想聽維瓦第的地步。」並記述在翡冷翠的餐廳所吃的燒烤紙包海鮮之美味。描寫相當生動，連我都想立刻到那裡去吃同樣東西的程度。

到翡冷翠之後，兩個人又回到米蘭，從那裡搭飛機飛到巴黎。在巴黎稍微休息之後（並且又再購物），再搭火車到勃根地去。妙妙的好朋友擁有莊園般的大宅院兩個人決定去住那裡。在這裡妙妙也和在義大利時一樣，走訪了幾處小葡萄酒倉，把生意談定。空閒的下午，就帶著裝了野餐盒的籃子到附近的森林去散步。當然也帶了幾瓶葡萄酒。「葡萄酒在這裡就像夢一般美味。」小菫寫道。

「不過，當初8月15日要回日本的預定似乎要變更了。我們在法國的工作結束後，可能會到希臘的海島去，在那裡放鬆一下筋骨。我在這裡偶然認識的英國紳士（眞正的紳士）在那不知道叫做什麼的小島上擁有別墅，他說不用客氣可以盡情住。眞是令人心動的事啊。妙妙也動了念頭。因爲我們也需要完全放開工作稍微悠閒地度個假。然後我們要在愛琴海的雪白沙灘上躺下來，讓兩對美麗的乳房迎向太陽，一面喝放有松露的葡萄酒，一面盡情過癮地眺望天空流動的雲。你覺得這樣不是很棒嗎？」

我覺得那確實會很棒。

那天下午我到市立游泳池游一下泳，回程在冷氣充足的喫茶店看一小時左右書。回到房間，一面聽著 Ten Years After 的老唱片兩面，一面燙了三件襯衫。衣服燙好之後，用沛綠雅調一杯打折時買來的便宜白葡萄酒喝，看預先用錄影帶錄起來的足球比賽。看到「要是我的話就不會傳這種球」的傳球時，就不禁搖頭嘆氣。批評不認識的別人的失誤是既容易、又痛快的。

足球賽結束後，我深深沉入椅子裡，一面漫無目的地望著天花板，一面想像在法國村子裡的小堇。現在這時候或許已經轉移到希臘的某個島上去了也不一定。或許正躺在沙灘上，眺望著天空流動的白雲也不一定。不管怎麼說，她都在離我非常遙遠的地方。不管是在羅馬、在希臘、在廷巴克圖、阿爾安答也好，任何地方都好。總之都非常非常遙遠。而且今後她恐怕還會離我越來越遠。一想到這裡，我就覺得很難過。好像在月黑風強的夜晚，一隻莫名其妙既沒有預定也沒有信條，只是緊緊趴著的無意義的蟲子一樣的心情。小堇說離開我「很寂寞」。但她身邊有妙妙在。而我則誰也沒有。我——只有我而已。跟平常一樣。

到了8月15日小堇還沒有回來。她的電話依然是「旅行中」的沒表情錄音訊息。小堇搬家後立刻買了附有錄音機能的電話。可以不必在下雨的夜晚撐著傘走到附近的電話亭了。正常而健康的想法。我並沒有留下什麼錄音留言。

18日我再打了一次電話。依然還是「旅行中」。在短短的無機性訊號聲響完後我報了名字。留下「回來後請給我電話」的簡單留言。但在那之後，她也沒打電話來。大概妙妙和小堇已經完全愛上那希臘的海島，而不想回日本了吧。

我在那期間，有一天參加了學校足球社團比賽的練習，有一次和「女朋友」睡覺。她跟先生和兩個小孩一起到峇里島去旅行度假，才剛回來，所以曬得很漂亮。因爲這樣我一面抱著她，一面沒辦法不想起在希臘的小堇。一面進入她裡面，一面沒辦法不想像小堇的身體。

如果我不認識小堇這個人的話，或許我在某種程度上會眞心喜歡比我大七歲（而且兒子是我班上學生）的她也不一定。或許對和她的關係會比較投入也不一定。她既美麗、有行動力、又溫柔。以我的偏好來說，雖然化妝稍嫌濃了一些，但服裝品味滿好的。還有她有點在意自己太胖，其實一點也不會。是屬於成熟而無可挑剔的身體。她非常知道我要什麼，不要什麼。也很懂得該進到什麼地方，該在什麼地方停止才好——在床上，或在床外都一樣。她讓我感覺心情簡直像坐飛機的頭等艙似的。

「我跟我先生已經將近一年沒做了。」有一次她在我臂彎裡坦白說。「只有跟你做。」

但我無法愛她。因爲和小菫在一起時，我總會感覺到的那種幾乎可以說是毫無條件的自然親密感，跟她之間卻無論如何都無法產生。總好像隔著一張薄薄的、透明的紗似的。像看得見又像看不見的程度。但其中有隔閡存在的事實則沒有改變。因此，兩個人見面時——尤其是臨分手時——會變得不知道該說什麼才好。那是跟小菫在一起時從來沒有經驗過的感覺。我每次跟她見面，只會因此而更確定，自己是多麼需要小菫，這個不可動搖的事實。

她回去之後，我一個人出去散步，暫時漫無目的地走著，然後走進車站附近的酒吧點了一杯Canadian Club威士忌加冰塊。這樣的時候，我每次總覺得自己像個無比差勁醜陋的人。我把第一杯立刻喝乾，又點了第二杯。然後閉上眼睛，想著小菫。想著在希臘某個海島純白的沙灘上，露出胸部正在做著日光浴的小菫。鄰桌四個像大學生般的男女，正一面喝著啤酒一面愉快地高聲談笑著。音響喇叭傳來Huey Lewis and the News令人懷念的曲子。聞到一股烤披薩的香味。

我忽然想到以前的日子。我的成長期（應該這麼稱呼）到底是在什麼時候什麼地方宣告終了的？那到底眞的結束了嗎？就在不久以前，我還確實是在往成熟邁進的未完全的途中。Huey Lewis and the News 有幾首曲子正在暢銷中。那是幾年前的事。而我現在卻像這樣，被關在一個密閉的圈圈裡。我在同一個地方一直不停地繼續兜圈子打轉。一面知道什麼地方也到不了，一面卻停不下來。我不得不這樣做。不這樣，我不知道要怎麼好好活下去。

那一夜有一通電話從希臘打來。半夜兩點。但打電話的卻不是小堇，而是妙妙。

7

起初一個男人粗粗的聲音，用口音很重的英語報我的名字，「沒有錯吧？」他大吼道。凌晨兩點，我當然正在熟睡中。腦子裡好像大雨中的水田般非常茫漠模糊，分不清楚。床單上還隱約留著下午做愛的記憶，就像毛衣的扣子上下扣錯了似的。一切事物與現實的接點都各搞錯了一格。男人再說了一次我的名字。「沒錯吧？」

「沒錯。」我回答。雖然聽起來實在不像我的名字，但總之是我的名字。然後，好像兩種不同的空氣勉強互相摩擦所發出的聲音般，連續發出一陣強烈的噪音。大概是小堇從希臘打來的國際電話吧。我把聽筒稍微拿離耳朵一點，等著聽她的聲音傳過來。但電話傳來的聲音並不是小堇，而是妙妙的。「你大概聽小堇提過，知道我是誰吧？」

知道，我說。

經過電話傳過來，她的聲音聽起來很遠，扭曲成無機質的東西，但依然充分聽得出其中緊張的調子。某種僵硬的東西，簡直像乾冰的煙似的從電話口流出到房間裡來，使我清醒過來。我從床上坐起身，把背挺得筆直，重新握緊聽筒。

「我沒時間慢慢說，」妙妙很快地說。「我是從希臘的島上打的，這裡的電話幾乎跟東京連接不上，就算接通了也會立刻斷掉。我試了很多次都不順利，現在好不容易才接上。所以我想客套就免了，只談事情。可以嗎？」

沒關係，我說。

「你能來這裡嗎？」

「妳說這裡，是指希臘？」

「對。越快越好。」

我把最先浮現腦海的話說出口。「小堇發生什麼事了？」

妙妙隔了一個呼吸的空白。「這還不確定。不過我想她會希望你在這裡。不會錯。」

「妳想？」

「電話上沒辦法說。線路或許隨時會斷掉，而且問題很微妙，可能的話我希望面對面談。來回的費用我會付。請想辦法飛到這裡來。越快越好。頭等艙也好，什麼都好盡快買票。」

十天後新學期要開學了。在那之前不能不回來，不過如果想現在去希臘並不是不可能。假期中有兩次必須到學校去辦的事。不過應該可以安排。

「我想我可以去。」我說。「應該沒問題。那麼我要去哪裡才好呢？」

她把那個島的名字告訴我。我在枕頭邊一本書的封底裡記下來。以前曾經在哪裡聽過的名字。

「你從雅典搭飛機到羅德島，從那裡搭渡輪。到這個島的船一天只有兩班，中午以前和傍晚而已，所以這時間我會到港口去看著。你會來吧？」

「我想我會想辦法去。只是我——」我正說到一半，電話就啪地斷了。就像有人用厚刃大刀把繩子剁斷般的唐突、暴力性。而且像最初一樣的強烈噪音又回來了。我想或許線路還會再連上一次，於是把聽筒抵著耳朵等了一分鐘，但傳過來的只有非常干擾耳朵的雜音而已。我放棄地放下聽筒，下了床。到廚房去喝一杯冰麥茶，靠在冰箱門上整理我的腦袋。

我眞的現在就要去搭噴射機，前往那個希臘的海島嗎？答案是 Yes。沒有其他選擇。

我從書架上抽出大本世界地圖來，試著查出妙妙告訴我的海島位置。就算有離羅德島很近的暗示，但是要從散布在愛琴海無數大大小小的海島中找出那島來卻不簡單。不過我還是終於找到用小字印刷的那名字來。是一個離土耳其邊境很近的小島。因爲實在太小了，所以也看不太出形狀來。

我從抽屜拿出護照來，確認有效期限還沒過期。我把家裡有的現金搜集起來放進皮夾。雖不是什麼大不了的金額，不過另外不夠的等到早上還可以用金融卡從銀行提出來。帳戶裡除了從以前一直存下來的存款之外，碰巧夏季的獎金幾乎沒動都還留著。還有信用卡，到希臘的來回機票我還買得起。我抓了幾件換洗衣服和盥洗用具，塞進平常去健身房時所用的塑膠運動袋。兩本曾經想過如果什麼時候有機會要重新再讀的約瑟夫．康拉得的小說。至於游泳衣我猶豫了一下，結果還是決定帶去。到了島上說不定問題已經完全解決，大家都健康快樂，太陽和平安穩地在空中，於是在那裡悠哉遊哉地游個泳再回來，也有這種可能性——而且不用說，那應該是對誰都最好的結果。

這些都準備好之後，我回到床上。關掉電燈，把臉埋進枕頭。才三點過，到早上爲止應該還可以再睡。但我卻沒辦法睡著。強烈雜音的記憶還留在我的血管裡。耳朵深處男人的聲音在喊著我的名字。我打開電燈，又下床走到廚房，泡一杯冰茶來喝。然後把跟妙妙談過的話從頭到尾，一句一句在腦子裡順序回想，試著讓它重現。那些話既曖昧又不具體，充滿了兩義性的謎。妙妙口中所說的事實只有兩件。我試著實際把那寫在便條紙上看看。

(1)小堇出了什麼事。但妙妙也不清楚到底發生了什麼。
(2)我非要盡快去那裡不可。她(妙妙)認為小堇也需要我這樣做。

我一直盯著那張便條紙。然後在「不清楚」的部分,和「認爲」的部分用原子筆在旁邊畫線。

(1)小堇出了什麼事。但妙妙也不清楚到底發生了什麼。
(2)我非要盡快去那裡不可。她(妙妙)認為小堇也需要我這樣做。

在那希臘的小島上小堇發生了什麼,我沒辦法猜想。不過可以確定是屬於不好的事。至於多不好,則是個問題。話雖如此,但到天亮來臨前,我什麼都無法做。只能坐在椅子上,把雙腳架到書桌上,一面看書一面等待天亮。天卻老是不亮。

天一亮後,我就搭中央線到新宿,從那裡轉成田快車到機場去。到了九點我繞了幾家航空公司櫃台試著打聽看看,才知道本來就沒有成田起飛往雅典的直航飛機。在幾次試行錯誤之後,終於定到KLM航空往阿姆斯特丹的商務艙票。決定從那裡轉機到雅典。到雅典後再換奧林匹克航空的國內線，據說那樣就可以到羅德島。這機票的預約他們也幫我安排好了。只要不發生問題，兩次的轉機應該很順。至少以時間來說這是最好的辦法。回程開放未定，從出發日起三個月內喜歡什麼時候回來都可以。我用信用卡付完帳。托運行李有幾件？沒有，我說。

離出發還有一段時間，於是我在機場餐廳吃了早餐。用銀行金融卡提出一些現金，換成美金旅行支票。然後在機場的書店買了希臘的旅行指南。小本導遊書裡並沒有出現妙妙所說的島名，不過有必要預先獲得有關希臘的貨幣、當地的民情和氣候等基本知識。除了古代歷史和幾齣戲曲之外，我對希臘這個國家知道的並不多。就像對木星的地質、法拉力跑車的引擎冷卻系統所知不多一樣。過去也從來沒想過自己有一天居然會去希臘。至少在那天凌晨兩點以前。

中午以前我打了一通電話給一起教書的熟同事，說因爲親戚發生不幸事件，我要離開東京一星期左右，問她這期間學校的事能不能幫我代辦。可以呀，她說。我們以前也曾有過幾次互相給對方方便，所以事情很簡單。「那麼，你要去哪裡？」她問。「四國。」我說。現在要去希臘實在說不出口來。

「那眞辛苦。不過開學不要遲到噢。方便的話也順便買個什麼土產回來。」她說。

「當然。」我說。這點小事回來後總有辦法。

我到商務艙用的交誼廳去，沉進深深的沙發稍微睡了一會兒。並不落實的睡眠。世界喪失了現實性核心。顏色不自然，細部不舒服。背景是紙糊的，星星是銀紙做的。看得見接著劑和釘孔。頻頻聽見廣播聲音。「搭乘法國航空275班次飛機往巴黎的旅客……」我在那無脈絡的睡眠中——或不明確的半醒中——想著小堇。我跟她共度的各種時間和空間，像古時候的紀錄片般斷續浮現我腦子裡。然而置身於眾多旅行者來來往往的機場吵雜聲中，我和小堇所共有的世界顯得那麼渺小而無力，覺得缺乏正確性。我們兩人都沒有可以稱得上智慧的智慧，也沒有足以彌補這個的本事。沒有可供依靠站立的支柱。我們無限接近零。只不過是從一個無到另一個無之間漂流著的渺小存在而已。

我冒著討厭的汗醒了過來。濕濕的襯衫黏黏地緊貼在胸前。身體倦怠，腳發脹。感覺像把整個陰天都吞進去了似的。臉色一定很難看。交誼廳的女職員走過時還擔心地開口招呼我「沒關係嗎？」我說「沒關係。只是有點中暑而已。」我說。給你拿點什麼冷飲好嗎？她說。我考慮了一下要了啤酒。她為我拿了冰毛巾，海尼根啤酒和一包花生米來。擦了臉上的汗，喝了半罐啤酒後，覺得總算多少恢復正常。然後又稍微睡了一下。

往阿姆斯特丹的班機大致照預定時刻從成田機場起飛，越過北極，到達阿姆斯特丹。在那之間我爲了再多睡一點而喝了兩杯威士忌，醒過來後晚餐只吃了一點。因爲幾乎沒有食慾，所以早餐就婉拒了。不願意去想多餘的事，所以清醒的時候總是集中精神看康拉得。

換飛機到雅典機場下機後，再轉到隔鄰的航站，幾乎沒有等候時間就搭上往羅德島的727班機。機內滿是從世界各地擁來的活潑有勁年輕人。全都曬得紅通通的，穿著T恤或無袖上衣、剪短的牛仔褲。很多男的留鬍子（或忘了刮鬍子），蓬蓬的長頭髮綁一把在腦後。穿著米色棉長褲，白色短袖Polo襯衫，深藍色棉西裝外套的我，顯得古板而不合場所。我連太陽眼鏡都忘了帶。不過誰能怪我呢？我剛才還在國立市，想到廚房的生鮮垃圾忘了丟還正煩惱呢。

我在羅德島機場的詢問處，打聽往島上渡輪的乘船場。乘船場在離機場不遠的港口。據說現在趕快去還來得及搭傍晚的船班。「渡輪會不會客滿？」我愼重起見問問看。「就算客滿，多搭一位總不成問題的。」鼻子尖尖，看不出年齡的女人皺起眉，一面猛揮手一面說。「因爲又不是電梯呀。」

我招了計程車到港口。雖然請司機盡量趕快一點，但我的意志似乎並不通。沒有冷氣，從敞開的窗戶吹進混有白色塵土的熱風。司機在那之間，一直以粗魯帶有汗臭的英語，陳述他對於

EU貨幣整合，陰鬱冗長的個人見解。我雖然很有禮貌地應答著，其實什麼也沒聽進去。我瞇著眼，眺望窗外掠過的羅德島眩眼的街容。天空沒有一片雲，也沒有雨的預感。太陽燒著家家戶戶的石牆。多節粗糙的樹上蓋了一層灰塵，人們在樹蔭下、或凸出的帳棚下坐著，眺望著不多言語的世界，眼睛追蹤著這樣的光景時，對於自己到底是不是來對地方，逐漸失去了信心。不過，從機場到市區沿路上非神話式到處填滿寫著希臘字的香煙或希臘茴香酒氣派的廣告板，這告訴我不會錯，就是希臘。

傍晚的渡輪還沒有出發。船比我預先想像的大型得多。甲板後部也有停放車輛的空間，有兩輛裝了食品和雜貨的中型卡車，和一輛舊Peugeot轎車，在那裡等船開出。我買了票上船，幾乎當我在甲板的座位坐下的同時，船繫在岸邊的纜繩被解開，引擎開始發出粗重的聲音。我嘆一口氣，抬頭望天空。剩下來就只有等待這艘船把我帶到目的地的島上去了。

我脫下吸滿汗水和塵土的棉上衣，折起來放進包包裡。時刻是黃昏的五時，但太陽還在半天高，日照仍壓倒性的強。不過在帆布屋簷下任由身體讓船頭的風吹拂時，我發現自己心情已逐漸恢復平靜。在成田機場交誼廳時捕抓住我的那陰鬱的想法，已經消失無蹤。只剩下口中的一點苦味而已。

我所要去的島以觀光地來說，似乎並不那麼熱門，甲板上只能看見少數觀光客。乘客多半是到羅德島去辦完事情的本地人，而且很多是老人。他們把買的東西像處理容易受傷的動物般寶貝兮兮地放在腳邊。全都像約好了似的滿臉皺紋，缺乏表情。強烈的太陽和嚴酷的肉體勞動，似乎已奪走他們臉上的表情。

也有幾個年輕士兵。眼睛還像小孩般澄清，卡其軍用襯衫的背後因汗濕而滲成黑黑的。有兩個像嬉皮的人，帶著沉重的背包席地而坐。兩個人都瘦瘦的腿很長，眼神凶險。

也有穿著長裙的十幾歲希臘少女。眼珠又深又黑。有點命運式美麗女孩的感覺。長頭髮一面隨風輕飄著，她一面跟旁邊的女朋友熱心地交談。嘴角一直露出像在暗示美好事物所獨具的樣子般，溫柔優雅的微笑。金屬大耳環承受著陽光不時燦爛地閃著光。年輕士兵們倚靠在甲板扶手上，臉上一副酷酷的表情一面抽著煙，一面偶爾向她那邊傳送短促的視線。

我一面喝著從店裡買來的檸檬蘇打，一面眺望染成深藍色的海，和浮在海上的小島。大部分的島，與其說是島不如說更接近岩塊，上面沒有住任何人。既沒有水也沒有植物，只有一群白色海鷗停在島的頂端，張望四周尋找魚的蹤影而已。船開過去，鳥都不瞧一眼。海浪衝到岩腳下碎成浪花，形成眩眼的白色邊緣。偶爾也會看到住著有人的島。那上面斑斑叢叢地長了一些看來頗頑固的樹木，白色牆壁的房子點點錯落在山坡上。小三角洲上，飄浮著漆成鮮豔顏色的帆船，高高的帆柱隨著波浪起伏而在空中畫著弧線。

坐在我旁邊滿臉皺紋的老人之一請我抽煙。我微笑著表示感謝，但用搖手示意我不抽煙。代替這他又請我吃薄荷口香糖，我感謝地接受了，一面嚼著一面又再眺望海。

渡輪到達那個島時已過了七點。日照強度果然已經過了高峰，但天空依然還很明亮，夏天的光線反倒更增添它的鮮明多彩。港口建築物的白牆上，簡直像掛了名牌似的，用巨大黑字寫著島的名字。船橫靠在島的岸邊，提著行李的乘客一個個順序渡過船橋走下船去。港口前面就是一個開放的露天咖啡館，來迎接的人們在那裡等著心目中要等的人走下船來。

我一下船就尋找妙妙的身影。但沒看到像是她的女人。只有幾個旅館的經營者上前來招呼「您在找住的地方嗎？」每一次我都搖頭說「不是。」不管怎麼樣他們還是留了一張名片在我手上。

下船的人都各自往不同方向散去了。買東西回來的人各自回家去，來旅行的人則往某個飯店或旅館。來接親友的人也都各自找到要接的人，頻頻擁抱或握手之後，便一起消失到某個地方去了。兩輛卡車和標緻轎車也從船上開下來，留下引擎聲開走了。由於好奇心驅使而聚集起來的貓和狗，也不知道什麼時候不見了。留在後面的只有一群空閒時間太多日曬過度的老人，和提著一個塑膠健身提袋好像走錯地方似的我而已。

我坐在咖啡館的椅子上，點了冰紅茶。並試著想了一下接著該怎麼辦才好。但沒辦法。已經接近天黑了。而且完全不了解島上的地理和民情。現在我在這裡無法做任何一件事情。只好再等一下，如果沒有人來，就找個地方住，等明天早上渡輪到達的時間再到碼頭來一次。我不認爲妙妙會不小心而放我鴿子。因爲聽小堇所提到的她，是一個非常謹愼、認眞的女人。如果她無法來碼頭，一定是有她的原因。或許她沒想到我竟然會這麼快就已經到這裡了。

我肚子非常餓。好像身體透明得可以看穿到對面一般強烈的空腹感。大概因爲來到海上吸進新鮮空氣的關係，身體想起從早上到現在胃袋都還沒裝進任何東西吧。但又不想跟妙妙互相錯過，於是我決定再多忍耐一會兒在這家咖啡館等候。偶爾有當地人經過，很稀奇地瞄了一眼我的臉。

我在咖啡館旁邊的小店，買了寫有關於這個島歷史和地理的英語小冊子。並一面喝著沒味道得奇怪的冰紅茶，一面翻閱著。島上人口從三千人到六千人不等，因氣候而異。夏天由於觀光客增加人口也相對增加。冬天則有些人外出打工所以人口減少。島上既沒有像樣的產業。農產品也很有限。能生產的只有橄欖，和幾種水果而已。另外就靠漁業和採海綿。所以進入本世紀以後，許多島民都移民到美國去。他們大部分住在佛羅里達。因爲可以活用漁業和採海綿的經驗。據說佛羅里達有一個地方就取名自他們島的名字。

島的山頂設有軍用雷達設施。在現在的民間港口附近，另外有一個軍用警備艇出入的小港。由於離土耳其邊境很近，所以用來監視國界侵犯和走私。街上看得見軍人。只要和土耳其有紛爭（實際上經常進行一些小競爭），船的出入就變頻繁。

紀元前當希臘文明正處於歷史光榮的時代，這個島曾以貿易轉口港而繁榮一時。因爲正處於和亞洲貿易的途中。而且當時翠綠的樹林仍覆蓋著山坡，以這些木材盛行造船。然而希臘文明衰退，山林也砍伐殆盡（從此以後島上也不曾再恢復豐潤的綠意），這島的光榮於是急速失去光輝。終於土耳其人來了。他們的統治既苛酷又徹底。只要土耳其人有什麼不滿意，他們就像修剪庭園的樹枝般把人們的耳朵鼻子輕易地削掉——那本書上這樣寫著。十九世紀接近末期時，經過與土耳其人幾次的浴血戰爭，這個島才贏得獨立，港口飄揚著藍色和白色的希臘國旗。然後希特勒的軍隊又來了。他們在山頂設雷達觀測所監視近海的動靜。因爲這一帶視野最遼闊清晰。爲了破壞這設備，英國轟炸機曾經從馬爾他島飛來，投下炸彈。他們不僅將山頂的基地炸毀，同時也轟炸港口，將無辜的漁船炸沉。因而死了一些漁夫。在這次的轟炸中希臘人比德國人失去更多生命。至今村子裡還有人因此而懷恨在心。

正如大多的希臘島嶼一樣，平地很少，大多的面積都被難以容忍的險峻山嶺所佔，人們居住的集落只限於離港口較近的南邊沿海部分。在遠離人煙的地方雖然有美麗的沙灘，但要去到那裡卻必須翻越險峻的山嶺才行。進出輕鬆的地方則缺乏足夠有魅力的沙灘，這似乎也是觀光客無法增加的主要原因之一。山中雖然零星坐落有幾所希臘正教的修道院，但修道僧嚴守戒律地生活著並不接受以興趣爲本位的訪問者。

從導遊書上所看到的，只是一個沒有太大特徵的極普通的希臘小島。但不知道爲什麼似乎有一部分英國人覺得這個島特別有魅力（英國人就是有點與眾不同的地方），他們懷著相當的熱情在港口附近的高台上建造夏日別墅的殖民地。尤其一九六〇年代後半期有幾位英國作家長住這裡，一面眺望著碧海藍天白雲一面寫小說。而且這些小說中有一些受到相當高的文學評價。因此這個小島在英國文壇上獲得了某種浪漫的名聲。不過對於自己的島在文化層面上擁有這樣的光輝，住在島上的希臘人卻幾乎好像並不關心的樣子。

我爲了忘記飢餓，而看了這些報導。然後闔起書本，試著再環視周圍一次。坐在咖啡館的老人們，好像在做長期視力測驗似的，又再永不厭倦地眺望著海。時刻已經過了八點，空腹感現在已經變成接近疼痛的地步。不知道從什麼地方飄來陣陣烤肉、或烘魚的香氣，像放肆的拷問者般將我的內臟高高懸吊起來。我忍不住從椅子上站起來，提起袋子正想去找餐廳時，一個女人安靜地出現了。

那個女人，從正面承受著終於向西方海面傾斜的太陽光，一面輕輕搖擺著長及膝蓋的白裙子，一面快步走下石階來。穿著小巧網球鞋形狀年輕的雙腳。無袖的淡綠色上衣，戴著窄邊帽子，肩上背著布製的小型肩袋。那一副融入周遭風景的，實在非常自然而日常的走法，使我起初還以爲是當地的女人。但這女人直接朝我走來，走近時，從面貌也知道是東洋人。我幾乎是反射地在椅子上坐下，然後又站起來。女人拿下太陽眼鏡，口中叫出我的名字。

「對不起我來晚了。」她說。「我到這邊的警察局去，結果一辦起手續就花掉好多時間。而且我實在沒想到你居然會在今天之內就趕得來。我料想最快也要明天中午左右吧。」

「因爲轉機換船都接得很順。」我說。警察局？

妙妙筆直地盯著我的臉看，然後輕輕微笑。「方便的話我們找個地方一面吃飯一面談。我很久以前只吃了早餐一直到現在。你呢?肚子餓不餓？」

非常餓，我說。

她帶我到港口後面的一個酒館。門口旁邊有個很大的碳火爐，鐵網子上正烘著看來十分新鮮的魚蝦類。她問我喜歡魚嗎？我回答喜歡。妙妙用希臘語單字向服務生點了東西。首先就送了白葡萄酒Carafe、麵包和橄欖來。我們並沒有禮貌性的招呼或敬酒，便倒了白葡萄酒各自喝起來。爲了安撫空肚子的難過，我暫且先把質地粗糙的麵包和橄欖往嘴裡塞。

妙妙是個美麗的女子。我首先接到的是這個明白而單純的事實。不，或許並沒有那麼明白或單純。或許我完全搞錯了也不一定。或許我只是由於某種原因，被吞進不容改變的別人的夢境裡隨波逐流而已。現在想起來，覺得無法完全否定這種可能性。只有一點我可以確定地說，我當時認爲她是個美女。

妙妙纖細的手指上戴了幾個戒指。其中的一個是簡單的黃金結婚戒指。當我在腦子裡迅速整理對她的第一印象時，妙妙一面偶爾拿起葡萄酒杯送到嘴邊啜一口，一面以穩重的眼神看著我的臉。

「不覺得我們是第一次見面。」妙妙說。「大概因爲經常聽到關於你的事情吧。」

「我也經常聽小堇談到妳。」我說。

妙妙微微一笑。她一微笑就只在那一瞬間，眼尾出現魅惑性的小皺紋。「那麼就不必在這裡特地自我介紹了噢。」

我點點頭。

我對妙妙最有好感的是，她並不刻意隱瞞自己的年齡。據妙妙的說法，她應該有38或39。而實際上看來她也像是38或39。因為皮膚美，身體也結實，所以只要稍微化妝一下，或許可以顯得像20幾歲的後半。但她並沒有刻意做這樣的努力。妙妙看來顯得很坦然接受年齡所自然浮現的東西，並讓自己巧妙地和那同化。

她拿起一顆橄欖放進嘴裡，用手指抓住種子，像詩人在整理著句讀點一般，把那非常優雅地丟在煙灰缸。

「半夜裡忽然打那樣的電話，很抱歉。」妙妙說。「如果能說明清楚一點就好了，但那時候我心情還沒辦法調整好，不知道該從哪裡說起。現在雖然也還沒整理好，不過我想至少混亂已經平靜下來了。」

「到底發生了什麼事情。」我問。

妙妙把雙手放在桌上，手指交叉握住，鬆開，又握住。

「小菫消失了。」

「消失了？」

「像煙一樣地。」妙妙說。並輕輕喝一口葡萄酒。

她繼續說「說來話長，不過我想我還是從頭開始按照順序說比較好。如果不這樣的話，我覺得或許就無法傳達清楚微妙的語意差別了。而且事情本身就很微妙。不過總之先吃飽再說吧。現在既不是分秒必爭的狀況，肚子餓時連頭腦都不肯工作。而且這裡也太吵了不方便說話。」

餐廳擠滿了本地人，人們比手劃腳大聲談著。要想不大聲吼叫又能讓對方聽見，於是我和妙妙不得不彎身到桌上，或把額頭靠近一點說。大缽裝的希臘式生菜，和烤好的白肉大魚送來了。她在魚上面撒鹽花，擠了半個檸檬上去，再澆上橄欖油。我也學她照做。我們大體上集中精神在吃的上面。正如她所提議的那樣，有必要先把肚子填飽再說。

她問我，能在這裡待多久？我回答一星期後要開學了，必須在那之前回去才行。不然會有點麻煩。妙妙事務性地輕輕點頭。然後抿著嘴，在腦子裡計算著什麼。既沒說「沒問題，在那之前可以回去。」也沒說「也許沒那麼快解決。」對那問題她自己下判斷，把結論收在某個抽屜裡，繼續靜靜地吃著。

吃完以後，在喝咖啡時，妙妙提出飛機票費用的事情。問我說這可不可以接受美金旅行支票，或回東京後再以日圓匯進你的帳戶，怎麼樣比較好？我說我現在不缺錢，這一點費用我可以自己出。妙妙主張她要付。因為是我要你來的，她說。

我搖搖頭。「我並不是客氣。也許很久以後，我會希望事實上是由於自己的自由意志來到這裡的。我想說的是這樣。」

妙妙想了一下然後點頭。並且說「我非常感謝你，能夠來這一趟。我不知道該怎麼說才好。」

走出店外，像流入染料般顏色鮮明的夕暮包圍了四周。吸入空氣時好像胸腔都會被染色般的藍。天空星星開始閃爍小小的光芒。吃過晚餐的當地人，彷彿等不及夏天延遲的日落般走出家門，在港口附近徘徊漫步著。有一家人、有情侶、有親密的朋友們。滿路包圍著一天結束後的溫柔海潮香氣。我和妙妙兩個人走著穿過街上。路的兩邊排列著商店、小旅館、或在走道擺出桌子的餐廳。附有木造窗框的窗裡透出親密的黃色燈光，收音機傳來希臘音樂。路左邊是延伸出去遼闊的大海，夜晚黑暗的波浪安穩地拍打著岸邊。

「再走一點路前面要上坡。」妙妙說。「有很陡的階梯還有和緩的坡道，走階梯比較近，走這邊可以嗎？」

沒關係，我說。

狹窄的石階沿著山丘斜坡上去。階梯長而陡，但穿著網球鞋的妙妙腳步卻毫不覺得疲倦似地，一直保持一定的節奏。她的裙角在我眼前舒服地左右搖擺，曬過太陽形狀美好的小腿承受著接近滿月的月光。我這邊倒先喘起氣來。必須偶爾停下腳步，深呼吸幾下才行。爬得越高港口的燈變得越遠越小。剛才還在我們眼前的人們的營生，已被吸進一連串匿名的光裡去了。很想就這樣用剪刀剪下來，用圖釘釘在記憶牆上的那種印象深刻的景色。

她們的住宅，是附有面海陽台的小型度假別墅。紅瓦屋頂白色牆壁，門框漆成深綠色。圍著房子的低矮石牆上燦爛地開滿了紅色鮮豔的九重葛。她打開沒上鎖的門，讓我進去裡面。

家裡涼涼的好舒服。有客廳、有適度寬敞的餐廳和廚房。牆壁漆成白色，有幾個地方掛著抽象畫。客廳擺著成套的沙發、書架和小型音響設備。還有兩間臥室，和不太寬大但貼了清潔磁磚的浴室。擺的家具都不是特別醒目，卻擁有自然的親切感。

妙妙脫下帽子，把肩袋拿下來放在廚房櫃台上。然後問我要不要喝什麼，或想先沖個澡嗎？我說想先沖個澡。我洗了頭、用刮鬍刀刮了鬍子。用吹風機吹乾頭髮、換上新的T恤和短褲。這樣終於稍微恢復正常的感覺了。洗臉台的鏡子下放著兩把牙刷。一把是藍的，一把是紅的。不知道哪一把是小堇的。

我回到客廳時，妙妙手上拿著白蘭地玻璃杯坐在安樂椅上。她建議我喝同樣的東西，但我想喝冰啤酒。我自己打開冰箱拿出 Amstel 啤酒，注入高玻璃杯。妙妙身體依然沉在椅子裡，相當長時間一直沉默著。與其像在尋找該說的話，不如說看來更像沉浸在沒有開始也沒有結尾的個人記憶裡似的。

「妳們到這裡來多久了？」我試著這樣切入。

「我想今天是第八天。」妙妙想了一下後說。

「然後小堇從這裡失蹤了是嗎？」

「是啊。就像我剛才說的那樣，像一陣煙那樣。」

「這是什麼時候的事？」

「四天前的晚上。」她好像在尋找頭緒似地環視屋子一圈。然後說。「到底該從哪裡說起才好呢。」

我說。「從米蘭飛到巴黎，到走鐵路去勃根地，這一段我從小堇的來信已經知道。小堇和妳，在勃根地的村子妳們住在妳朋友像莊園般大的宅院裡。」

「那麼，就從這裡說起吧。」妙妙說。

8

「我跟那個村子附近的葡萄酒釀造業者從以前就很熟，對他們所造的葡萄酒像自己家的隔間一樣清楚。什麼地方的園地哪個斜坡的葡萄可以做成什麼樣的葡萄酒。那年的氣候對味道有什麼影響，誰的工作最實在，哪一家的兒子很熱心幫忙父親的工作，誰有多少貸款，誰買了Citroën新車。連這些我都知道。葡萄酒這東西就像純血種馬一樣，不知道血統和最新資訊是做不下去的。只知道味道好壞生意是做不成的。」

妙妙到這裡把話打斷，調整呼吸。就像猶豫不知道要不要繼續說似的，不過還是繼續說了。

「我在歐洲有幾個採購據點，不過那個勃根地是最重要的地方。所以我每年都會有一次盡量在那裡住得久一點。爲了增進舊交情，和獲得新情報。每次都是我一個人去的，這次先繞道義大利，一個人長期旅行也很辛苦，小董又學了義大利語，所以我決定帶她一起去。本來打算如果覺得『還是一個人去比較好』的話，我會在去法國之前找個適當理由，讓她先回去。我從年輕時候開始就習慣一個人旅行，不管多親的人，每天從早到晚都跟別人面對面，也相當困難吧。

「不過小菫比我想像的能幹，她會主動把工作做好。幫我買票、預定飯店、談價格、把花費記錄下來，找出當地有名的餐廳，做這些事情。她的義大利語已經相當不錯了，而且最主要的是充滿了健康的好奇心，如果光是我一個人旅行的話，很多一定不會做的事她也讓我經驗到了。我眞驚訝原來跟人在一起是這麼輕鬆愉快的事。也許我跟小菫之間，有某種類似特別的心意相連吧。

「我還記得很清楚第一次遇到她時談到人造衛星Sputnik的事。她談到比特尼克（Beatnik）作家，我把那錯當成Sputnik。我們覺得很好笑，於是初次見面的緊張感解除了。嘿，你知道Sputnik 俄語是什麼意思嗎？那以英語來說是 traveling companion 的意思噢。『旅行的伴侶』我上次特地翻了字典，才第一次知道。想一想眞是不可思議的吻合噢。不過爲什麼俄國人會爲人造衛星取這樣奇怪的名字呢？只不過是孤伶伶獨自繞著地球團團轉的，可憐的一堆金屬而已呀。」

妙妙在這裡把話打住，只稍微停了一下思考什麼。

「所以我就那樣把小菫帶到勃根地去。我在那個村子重溫舊交和談生意的時候，不會說法語的小菫就租了車子到附近去兜風。然後在一個村子，很偶然地認識一個很有錢的西班牙老婦人，在用西班牙語聊著之間兩個人非常投緣起來。那位婦人爲小菫介紹了一位住在同一家飯店的英國男人。他五十多歲，正在寫什麼東西，是個既英俊又高尚的人。我想大概是同性戀吧。他帶著一個像男朋友似的秘書走動。

「我也被介紹和他一起吃過飯。這兩個人令人感覺滿舒服的，在談著之間，發現我們有幾個共同認識的人，因此談得更投緣。

「然後那個英國人跟我們提到『其實我在希臘一個島上擁有一棟小別墅，如果不嫌棄的話請妳們去住好嗎？』他說每年夏天我都會去住一個月左右，今年因爲有工作可能去不成希臘了。房子不住的話會出問題，管理員也會鬆懈。所以如果不麻煩的話，請不用客氣地去使用。他指的就是這棟度假別墅。」

妙妙把屋子裡整個看一圈。

「我學生時代，曾經來希臘旅行過一次。搭遊艇到各個海島到處繞的忙碌旅行，不過還是愛上這個國家了。所以可以在希臘的島上借房子，想住多久就住多久，是個非常有吸引力的提議。小菫當然也想去。我們說如果要借別墅，就要付應付的租金，但對方卻堅決不接受。『因爲我不是做別墅租賃業的』。經過一番對話，結果我以送一打紅葡萄酒到他倫敦家裡當作謝禮而談定下來。

「島上的生活簡直像夢一樣。我好久沒有像這樣輕鬆愉快地過這種所謂沒有時間表的純粹休假了。碰巧通訊狀態這麼糟糕，所以電話、傳眞，和電腦網路都不能用。我沒有如期回國，雖然多少會帶給留在東京的人一些麻煩，不過一旦來到這裡，那些事情怎麼樣都無所謂了。

「我們早晨起得很早，把毛巾、水、防曬油放進包包裡，就走到山另外一頭的海灘去。那是一個美得會令人倒吸一口氣的海灘。沙灘是沒有雜質的純白，幾乎也沒什麼浪。不過因爲在交通不方便到達的地方，所以造訪的人也少，尤其上午人影稀疏。在那裡大家不分男女，都無所謂地裸泳。所以我們也學他們。以天生下來的樣子，赤裸裸地在清晨碧藍澄清又透明的海水裡游泳，那種棒的感覺眞是無法言喻。就像一不小心居然混進另外一個世界裡了似的。

「游累了時，小菫和我兩個人就躺在沙灘上曬太陽。以赤裸的身體互相對看，起初是有點害羞，不過一旦習慣之後，就不覺得怎麼樣了。一定是類似場所的力量發揮作用吧。我們互相幫對方在背上擦防曬油，躺在太陽下，看看書、打打盹，或天南地北地聊起來。我想所謂自由居然是這麼安詳自在的東西啊。

「從海灘再翻過山嶺回家，沖過澡簡單地吃過東西，然後兩個人走下那階梯到街上去。在港口的咖啡館喝茶，買英文報紙來讀。到店裡買了食品材料帶回家，然後就各自在陽台看看書，在客廳聽聽音樂，打發時間到傍晚。小菫好像有時候會在自己房間裡寫東西。我看她打開Power Book在鍵盤上啪答啪答地打字。傍晚渡輪到達港口，我們常常會去看看。一面喝著冷飲，一面看著從船上下來的那些形形色色的人，總是看不膩。

「我在世界盡頭，靜靜地安頓下來，誰也看不見我的影子。我這樣覺得。在這裡只有我和小菫而已。其他的一切事情都可以不去想。我不想再動，不想再離開這裡。我想，哪裡都不想去了。希望永遠都能這樣。當然我也很清楚，那是不可能的。在這裡的生活只不過是一時的幻想而已，總有一天現實會來捕捉我們。而且我們不得不回到原來的世界。對嗎？不過至少在那個時候來臨以前，我希望能不想多餘的事，能盡興地享受每一天。而我眞的，只是單純地享受著這裡的生活。不過當然是指到四天前爲止。」

*

第4天早晨兩個人也像平常那樣到海灘去裸泳，然後先回家後又到港口去。咖啡館的服務生也已經記得我們兩個人的臉（從一開始妙妙每次都放比較多的小費），非常熱心地招呼我們。總是滿嘴讚美兩個人有多美麗。小董在小店買了雅典印刷的英文報紙。這是兩個人和外面世界聯繫的唯一資訊來源。讀報紙是小董的任務。她檢查外幣兌換率，看看上面刊登的大事記，找出有趣的，一面翻譯一面讀給妙妙聽。

那天報上的報導中，小董選出來讀給她聽的，有一篇70歲老婦人被自己養的貓吃掉的事。發生在雅典近郊一個小村子。死掉的老婦人在11年前做貿易商的丈夫死了之後，就以幾隻貓陪伴著，住在兩房的公寓安靜過日子。但有一天心臟病發作昏倒，趴在沙發上斷了氣。從昏倒到死亡爲止經過多少時間，沒有人知道。不過總之她的靈魂，大概經過一定的階段，永遠離開70年來一直相依爲命的老巢身體。因爲沒有定期來訪的親戚朋友，因此遺體被發現時已經過了一星期。門戶緊閉，窗戶又裝有格子欄杆，所以飼養主人死了，貓也出不去。屋子裡沒留下食物。冰箱裡或許還有什麼東西吧，但不幸的是貓並沒有開冰箱門的智慧。貓忍受不了飢餓，於是把飼養主人的肉給吃掉了。

小董一面偶爾啜一口小杯子裝的咖啡，一面把那段報導逐段翻譯出來。幾隻小蜜蜂飛過來，在前面客人潑出來的草莓果醬上忙碌地繞著舔著。妙妙透過太陽眼鏡眺望大海，側耳傾聽小董讀出來的報導。

「然後怎麼樣了？」妙妙問道。

「只有這樣。」小堇說。把對開版的報紙對折起來，放在桌上。「報上寫的只有這樣。」

「那些貓不知道怎麼樣了？」

「誰知道。」小堇把嘴撇向一邊思考著。「報紙到哪裡都一樣。妳眞正想知道的事卻沒寫。」

蜜蜂好像感覺到什麼似的，忽然一起飛向天空，一面在周圍響起儀式性羽音一面在空中迴旋，但過一會兒又再回到桌上來。並以和剛才一樣的熱心舔著果醬。

「不知貓的命運如何。」小堇說。並拉一拉稍嫌大的T恤衣襟，把縐紋拉平。雖然穿的是T恤和短褲，但妙妙正好知道在那下面她完全沒穿內衣。「吃過人肉之後的貓，要是不管的話或許會變成食人貓也不一定，或許因爲這個理由而被處分掉了。或者說『你們也歷經過一番辛苦』而被無罪釋放呢？」

「如果妳是那個村子的村長或警察局長的話會怎麼做？」

小堇想了一下。「例如把牠們放在某個機構裡，讓牠們改過自新怎麼樣？在那裡可以變成素食主義者。」

「那也不壞。」妙妙說著笑了。然後拿下太陽眼鏡，轉向小堇這邊。「我聽到這件事，想起我進初中時第一次聽到的天主教故事的課。我說過嗎？我在嚴格的天主教女子學校上了6年課噢。小學上的是普通公立小學，不過中學以後就上了那個私立教會學校。結果，開學典禮之後，一個年紀很老的修女就把全體新生集合到禮堂，講天主教的倫理。是一位法國修女，但日本話完全沒問題。我想那時候她講了很多話，不過我現在還記得的，是人和貓漂流到無人島的事。」

「那很有趣嗎？」小董說。

「船遇難了，妳漂流到無人島上去。能搭上救生艇的只有妳和一隻貓而已。漂流到最後總算漂到一個海島了，然而那裡卻是個全是岩石的無人島，沒有任何東西可以吃。也沒有泉水。船上只有一個人夠吃十天量的乾麵包和水而已。大概是這樣的故事。

「這時候修女環視整個禮堂一圈，以響亮而強有力的聲音這樣說。『請大家閉上眼睛，試著想一想。妳和貓一起漂流到無人島上。那是個絕海孤島，十天之間幾乎沒有誰會來救援的可能性。如果食物和水漸漸吃喝完了之後，各位只有死路一條。那麼，各位會怎麼樣呢？因爲苦的是彼此，所以妳會把那貧乏的食物分給貓嗎？』說到這裡修女閉起嘴巴，再一次環視大家的臉。然後繼續說。『不，那是不對的。聽清楚沒有，各位不可以分食物給貓。爲什麼呢？因爲各位是神所選出來的尊貴存在，而貓不是。因此那麵包應該妳一個人吃。』修女一本正經地這樣說。

「剛開始我還以爲那是開玩笑的。接下來可能會有什麼愉快的結局吧。然而並沒有美好結局。話題就那樣轉到人類尊嚴和價值的問題去了，我莫名其妙地被留在那裡。你想，這種事情到底有什麼必要在剛入學的新生面前特地提出來講呢？我到現在對這件事還無法理解。」

小董對這點落入沉思。「這麼說來，也就是最後把貓吃掉也沒關係囉？」
「誰知道。倒是沒說到那裡。」
「妳是天主教徒嗎？」
妙妙搖搖頭。「不。只因爲那所學校碰巧在我家附近，所以被送去讀。制服也相當漂亮。不過那所學校只有我一個人是外國籍的。」
「因爲這樣有沒有發生什麼不愉快的事？」
「因爲是韓國籍嗎？」
「對。」
妙妙又再搖搖頭。「那是非常自由的學校。規則很嚴，修女中也有很偏執的人，不過整體氣氛是進步的，幾乎從來沒有經驗過差別待遇的事。也交到很好的朋友，度過還算不錯的學生時代。確實有幾次不愉快的事情，不過那是出社會後發生的。但說起來，出社會後恐怕沒有人不曾因爲某種原因而不愉快吧。」
「我聽說韓國有人吃貓，是眞的嗎？」
「我也聽過這種說法。不過我周圍倒沒有人吃過。」

下午的廣場幾乎沒有人影。這是一天中最熱的時刻。街上的人全都躲在涼快的家裡，很多人以睡午覺爲樂。在這種時間還外出的好事者，只有外國人而已。

廣場上建有英雄雕像。他響應本土的蜂起，站起來對抗佔領島上的土耳其軍，最後被逮捕處以刺穿死刑。土耳其人在港口廣場立起尖端尖銳的柱子，將那位可憐的英雄衣服剝光，放在頂上。以身體的重量從肛門慢慢插入柱子，結果貫穿到嘴巴，然而到完全死掉卻花了很長時間。銅像據說是建在那柱子的遺跡上。當初建立時想必也是很壯觀英勇的銅像，不過由於海風、灰塵、海鷗糞便等，因時間的經過所帶來不可避免的磨損，使得臉部已經模糊不清了。島上的居民幾乎不太注意那尊破落的銅像，銅像對於世界變成什麼樣子，事到如今似乎也顯得無所謂了。

「說到貓，我倒有一個奇怪的回憶喲。」小菫好像忽然想到似的說。「我小學大概二年級的時候，養過出生半年左右的漂亮三毛貓（黑白棕三種毛色的貓）。我傍晚坐在簷廊讀書時，那隻貓就在庭院裡一棵大松樹的樹根旁非常興奮地繞著跑。貓不是常常會這樣嗎？沒什麼事，卻忽然自己嗚地呻吟一下、背弓起來往上一跳、毛豎立起來、尾巴挺起來嚇人。

「貓實在太興奮了，大概沒留意到我在簷廊觀察牠。因爲那是很不可思議的情景，所以我把書本放下來一直盯著看貓的樣子。貓老是不停止那獨角遊戲。相反的，隨著時間拉長變得更加認眞。簡直像著了什麼魔似的。」

小菫喝了玻璃杯的水，稍微抓抓耳朵。

「看著之間我漸漸覺得害怕起來。因爲貓的眼睛映著我所看不見的東西的影子，我開始想難道是那個使貓異常地興奮嗎？接著貓開始繞著那棵樹的根團團轉了起來。非常猛烈，簡直像圖畫書上出現的變成奶油的老虎一樣。而且在一直繼續之後，竟然一口氣衝上松樹的樹幹。抬頭看時，牠從非常遠的高高樹枝縫隙間探出小小的臉來看。我從簷廊大聲叫著貓的名字，但牠好像沒聽到的樣子。

「終於天黑了，開始吹起深秋的冷風。我仍然坐在簷廊等著貓從樹上下來。因爲這是一隻很親近人的小貓，我想只要我在那裡的話，牠終究會下來的。但牠卻沒下來。連叫聲都聽不見。四周逐漸暗下來。我害怕起來，去告訴家裡人。大家都說不久牠自己會下來，所以別管牠。可是貓最後終於沒有回來。」

「沒回來嗎？」妙妙問。

「嗯，貓就那樣消失了。就像煙一樣。大家都說貓夜裡從樹上下來，然後到哪裡去玩了。貓興奮起來爬到高高的樹上去，上去倒容易，一看下面時卻害怕得下不來了，這是常有的事。但如果現在還在樹上的話，應該會拚命叫著，通知人家牠在上面的。可是我並不這樣想。我想貓一定是緊緊抓著樹枝，害怕得叫不出聲音來。所以我從學校放學回來之後，就坐在簷廊抬頭看松樹，不時大聲地叫牠的名字。但沒有回答。經過一星期後，我也放棄了。因爲我很疼愛那隻小貓，所以那是一件很傷心的事。我每次看到松樹，就會想像緊緊貼在高枝上，變僵硬而死掉的可憐小貓。小貓哪裡也去不成，就在那裡飢餓乾癟而死噢。」

小堇抬起頭轉向妙妙。

「從此以後我沒有再養過一隻貓。我現在還喜歡貓噢。不過啊，我那時候下定決心，要把那隻爬上松樹後就沒再回來的可憐小貓當做我唯一的貓。要我忘記那隻貓而去疼愛別的貓，我辦不到。」

*

「我們那天下午，在港口的咖啡館談這種事。」妙妙說。「當時我想那只不過聊聊無害的回憶而已，後來仔細想，覺得在那裡所談的一切，好像都有含意似的。也許只是我想得太多了也不一定。」

妙妙說到這裡，便把臉轉成側向著我，眼睛望向窗外。掠過海面吹來的風，搖動著有折紋的窗簾。她眼睛望著夜晚的黑暗時，屋子裡的寂靜似乎又加深了一層。

「我可以問一個問題嗎？打斷妳的話不好意思，不過我從剛才開始就一直很掛心。」我說。

「小董來到這個島之後忽然行蹤不明，妳說像煙一樣地消失了。在四天前。然後報了警。對嗎？」

妙妙點點頭。

「可是妳卻沒有聯絡小董的家人，而把我叫到這裡來。爲什麼呢？」

「小董到底發生了什麼事，一點線索都沒有。在事情還沒弄清楚之前，我不知道聯絡她的雙親讓他們操心，是不是妥當。我一直很猶豫，我想再稍微觀察看看。」

我試著想像小董英俊而酷酷的父親搭乘渡輪來到這島上的情形。傷心的後母會不會同行呢？那麼確實會變得很麻煩。不過我想事情已經進入麻煩的階段了。在這樣的小島上，一個外國人，四天之間都沒有人看到她，應該不是一件簡單的事才對。

「可是妳爲什麼叫我來呢？」

妙妙將赤裸的雙腳重新交叉，用手指抓住裙襬往下拉。

「因爲只有你可以靠啊。」

「就算我們連一次面也沒見過嗎？」

「小董最信賴你。聽說不管什麼樣的事，你都可以照單全收。」

「其實那是少數人的意見。」我說。

妙妙瞇細了眼睛，皺起那慣有的小皺紋微笑著。

我站起來走到她前面，從她手中輕輕把已經空了的玻璃杯拿起來。走到廚房去在杯子裡注入Courvoisier，回到客廳交給她。妙妙道了謝接過白蘭地。時間過去，窗簾無聲地搖動了幾次。風中有不同土地的氣味。

「嘿，你眞的想知道事情的眞相嗎？」妙妙問我。她的聲音裡有終於下了某種決心似的乾脆意味。

我抬起頭看妙妙的臉。然後說。「只有一件事是確定的。那就是如果我不想知道眞相的話，就不會來到這裡了。」

妙妙有一會兒，以有點耀眼的眼光看著窗簾的方向。然後以安靜的聲音開始說起來。「那是我們在港口的咖啡店談到貓的那天晚上發生的。」

9

在港口的咖啡館交談過貓的事之後，妙妙和小堇買了食品回到度假別墅。然後在晚餐時間來臨前，就像平常那樣各自打發著時間。小堇走進自己的房間，用筆記型電腦寫東西。妙妙坐在客廳的沙發，把手交叉在腦後，閉起眼睛聽著卡欽（Julius Katchen）所演奏的布拉姆斯抒情曲。是一張老唱片，但演奏充滿了穩重的感情，很值得一聽。沒有刻意炫耀，卻十分盡興。

「音樂會不會妨礙妳？」中途有一次，妙妙探頭進去小堇房門這樣問。門一直是敞開的。

「布拉姆斯是構不成妨礙的。」小堇轉過頭來回答。

對妙妙來說，是第一次看小堇集中精神寫文章的樣子。小堇臉上露出過去她沒看過的緊張感。像要獵取東西的動物般嘴巴緊閉，眼珠變深。

「妳在寫什麼？」妙妙問。「新的 Sputnik 小說嗎？」

小堇稍微鬆開嘴角的僵硬表情。「沒什麼了不起的東西。只是心想或許有一天有用，而把腦子裡浮現的東西記下來而已。」

回到沙發，妙妙一面讓心沉浸於音樂在下午時光所描繪出的小世界裡，一面想如果自己能美好地彈出布拉姆斯不知有多棒。過去自己最不擅長布拉姆斯的小品，特別是抒情曲。我無法委身於那不斷變化的無盡陰影和嘆息的世界。如果是現在的自己的話，應該可以彈得比當時更美好。不過妙妙知道，我已經什麼都彈不出來了。

到了6點半，兩個人在廚房一起做晚餐，把做好的東西擺在陽台的桌上吃。放香草的鯛魚湯、青菜沙拉和麵包。打開白葡萄酒，餐後泡熱咖啡喝。看得見漁船從島後方出現，一面畫出白色短短的航跡一面開進港口。想必溫暖的晚餐，已經在家裡等著漁夫們回家了。

「對了，我們什麼時候要離開這裡呢？」小菫一面在流理台洗著餐具一面問。

「我想再在這裡悠閒地待一星期左右，不過這已經是極限了吧。」妙妙看著牆上的月曆說。

「雖然我希望能永久這樣。」

「我也當然這樣想。」說著小菫微微一笑。「可是沒辦法啊。美妙的事終究是要結束的。」

兩個人像平常一樣，10點前各自回到自己的房間。妙妙換上長裙襬的白色棉質睡衣，臉一埋進枕頭立刻就睡著了。但不久又被自己心臟的鼓動搖醒似的醒來。她看一眼枕邊的旅行用時鐘，已經12點半多了。房間黑漆漆的，被包圍在深深的寂靜中。然而卻好像有人凝神屏息地隱藏在附近的氣息。她把被子一直拉到脖子底下，側耳靜聽。心臟在胸中敲出尖銳的信號聲。此外什麼也聽不見。不過沒錯，有誰在那裡。那確定不是什麼不祥的夢的延續。她伸出手，不發出聲音地拉開窗簾幾吋。月光像淡淡的水般悄悄瀉進房間。妙妙只移動眼睛，巡視房間的樣子。

眼睛習慣黑暗之後，房間角落裡慢慢浮現什麼暗暗的輪廓。在門口附近的衣櫥後面，黑暗聚集最深的那一帶。那東西個子矮小圓嘟嘟的不知道是什麼。看起來也像是忘記帶走的大郵件袋子。或者是動物也不一定。大狗嗎？但大門是上鎖的，而且房門也是關上的。狗不可能自己隨意進入房間來。

妙妙一面繼續靜靜地呼吸，一面一直注視著那個東西。口中乾乾渴渴的，還微微留下睡前喝的白蘭地的氣味。她伸手把窗簾再拉開一些，把月光送進房間更多一些。並從那一團黑暗中，解開混成一團的線頭般，分辨那每一條輪廓線。那好像是一個人的身體。頭髮垂到前面，兩隻細細的腳以銳角彎曲著。有人彎身坐在地上，頭放進雙腳之間縮成一團。好像盡量縮小身體，以避免碰到從空中降下來的物體似的。

是小堇。她穿著平常穿的藍色睡衣，在房門和櫃子之間像蟲子般把身體縮成一團蹲坐在那裡。動也不動一下。也聽不見呼吸的聲音。

搞清楚到底是什麼之後，妙妙鬆了一口氣。不過小堇到底在這裡做什麼？她從床上靜靜地坐起來，把枕邊的檯燈打開。黃色燈光不客氣地照出房間的每個角落。這樣小堇還是動也不動一下，好像連燈亮了她都沒發現似的。

「妳怎麼了？」妙妙出聲問她。起初小小聲，然後稍微大聲一點。

沒反應。妙妙的聲音似乎沒傳到對方耳裡。她下了床，走到小堇身邊。地上鋪的東西粗粗的，赤裸的腳底比平常感覺更強烈。

「身體不舒服嗎？」妙妙在小堇身邊蹲下來問道。

還是沒有回答。

妙妙這時發現小堇嘴裡咬著什麼東西。那是平常放在洗臉台的粉紅色擦手毛巾。妙妙想把那拿下來，卻拿不下來。小堇用力咬緊著。眼睛雖然是睜開的，卻什麼也沒在看。妙妙放棄拿毛巾，把手放在小堇肩上。發現她的睡衣竟然濕淋淋的。

「睡衣脫掉比較好。」妙妙說。「妳流了很多汗，這樣下去會感冒噢。」

但看來小堇似乎正落入失心狀態。什麼也聽不見，什麼也看不見。於是妙妙決定幫小堇脫掉睡衣。這樣下去身體會凍著。雖然是八月，島上的夜晚有時也會涼到皮膚覺得冷的地步。兩個人每天沒穿游泳衣游泳，也已經習慣看彼此的裸體了。又在這種狀態，即使擅自脫掉她的衣服，相信小菫也不會介意吧。

妙妙一面支撐著小菫的身體，一面解開睡衣的扣子，花時間脫掉她的上衣。然後脫掉她的褲子。小菫的身體起初非常僵硬，後來才逐漸放鬆，終於變成軟綿綿的。妙妙從小菫口中拿出毛巾。毛巾被唾液沾濕了，上面好像什麼的替身似的清晰地留下齒痕。

小菫在睡衣下面沒穿內衣。妙妙拿起近在手邊的毛巾，擦小菫身上的汗。先擦背，再擦腋下，然後胸前。擦擦腹部、從腰部到大腿簡單地擦擦。小菫乖乖地，任她擺佈。雖然好像還是沒有意識的樣子，但仔細看她眼珠時，卻可以辨認出些許知覺的光似的東西。

妙妙第一次用手碰觸小菫的裸體。小菫的皮膚細緻而緊繃，像小孩般滑溜溜的。抱起來時身體比預料的重，有一股汗的味道。妙妙一面擦著小菫的身體，一面感覺胸中的鼓動再度高昂起來。口中積著唾液，不得不幾次想辦法吞下。

月光洗禮下，小菫的裸體像古代的陶器般光澤鮮豔，乳房雖然小但形狀完美，有一對緊縮的乳頭。黑色陰毛被汗濡濕，像承受著朝露的草一般發著光。在月光下失去力氣的小菫的裸體，看起來和在沙灘上壓倒性日光下所看到時完全不同。不舒服地留下的孩子氣部分，和時光之流盲目撬開的一連串嶄新成熟像漩渦般互相混合，在那裡畫出生命的疼痛。

妙妙覺得自己好像在窺視不該看的別人的秘密似的。可能的話眼睛最好從那肌膚轉開，腦子裡一面回想小時候背誦下來的巴哈小曲，一面用毛巾靜靜幫小堇擦身上的汗。擦貼在額頭的濡濕前髮。小堇連那小耳朵裡都冒汗。

然後妙妙感覺到小堇的手腕靜靜地纏到自己身上來。小堇的鼻息吹在自己的頸根。

「要不要緊？」妙妙問。

小堇沒回答。只稍微加強手腕的力量而已。妙妙把她抱起來送到自己床上。讓她睡在那裡，爲她蓋上被子。小堇就那樣躺在床上。這次則閉上眼睛。

妙妙看了小堇的樣子一會兒，但小堇從此之後就不再動一下了。她看來像睡著了似的。妙妙到廚房去，一連喝了幾杯礦泉水。然後在客廳的沙發坐下來，慢慢深呼吸以鎮定情緒。悸動雖然已經平靜很多了，但由於長久持續的緊張，肋骨的一部分正在痛著。周圍被令人窒息的沉默所包圍。既沒有人的聲音，也沒有狗吠聲。既沒有波濤聲，也沒有風吹聲。妙妙覺得很不可思議，爲什麼一切都落入這樣深沉的寂靜呢。

妙妙走到洗臉台，把小堇汗濕的睡衣，擦過汗的毛巾，和她咬過的毛巾丟進備洗衣籠裡，然後用肥皀洗了臉。並瞧瞧鏡子裡映出來的自己的臉。自從來到這個島上以後，因爲停止染髮，所以頭髮好像剛剛開始下而即將積厚的雪一般純白。

回到房間時，小堇已經睜開眼睛。雖然還稍微蒙有一層不透明的紗，但意識之光則已恢復。小堇把被子蓋到肩上躺著。

「對不起，我有時候會這樣。」小堇以沙啞的聲音說。妙妙在床邊坐下來，微笑著，伸手摸摸小堇的頭髮。她的頭髮還是汗濕的。「最好去沖個澡比較爽快。妳好像流了不少汗。」

小堇說「謝謝。不過現在我想就這樣安靜不動。」妙妙點點頭，把新的浴巾遞給小堇，從自己的抽屜拿出新的睡衣，把那放在枕邊。「妳可以用這個。反正妳也沒多帶備用的睡衣吧。」

「嘿，我今天可以在這邊睡嗎？」小堇說。

「可以呀。妳就那樣睡著不用起來。我到妳床上去睡。」

「我想我的床大概已經濕濕的了。」小堇說。「被子還有一切都濕了。而且我不想一個人睡。妳不要留下我一個人在這裡。只要一個晚上就好了。妳睡我旁邊好嗎？我不想再作討厭的夢了。」

妙妙考慮了一下，點點頭。「不過在那之前請先穿上睡衣。在這麼窄小的床上，如果旁邊睡著一個裸體的人還是沒辦法鎮定的。」

小菫慢慢站起來走出被子。並在地板上赤裸地站著，穿上妙妙的睡衣。她先彎下腰穿長褲，然後穿上衣。花了些時間扣扣子。指尖好像使不上勁似的。但妙妙並沒有幫她，只是一直看著她。小菫扣扣子的姿態，看起來簡直像某種宗教儀式似的。月光賦予她的乳頭奇妙的硬度。這孩子也許是處女，妙妙忽然想到。

小菫穿好絲睡衣之後，又在床上躺下，身體往裡面挪動。妙妙一上床，便聞到剛才那汗的氣味還留著。

「嘿。」小菫說。「可以抱一下嗎？」

「妳想抱我嗎？」

「對。」

正在妙妙不知道該怎麼回答時，小菫伸出手，握住她的手。手掌還留下汗的感觸。溫暖而柔軟的手。然後她把雙手繞到妙妙背後。小菫的乳房壓緊妙妙的肚子稍上方。妙妙乳房之間則貼著小菫的臉頰。兩個人長久保持那個樣子。終於小菫的身體開始微細地顫抖起來。妙妙心想她大概要哭了吧。但似乎不怎麼哭得出來。她把手繞到小菫肩上抱緊她。還是小孩子嘛，妙妙想。又寂寞又害怕，需要有人給她溫暖。就像趴在松枝上的小貓一樣。

小菫身體往上挪動一些。她的鼻尖接觸到妙妙的脖子。兩個人的乳房互相接觸。妙妙吞一口嘴裡積的唾液。小菫的手在她背上徘徊。

「我喜歡妳。」小菫小聲說。

「我也喜歡妳呀。」妙妙說。除此之外不知道該怎麼說才好。而且這也是眞話。

然後小菫的手指開始解開妙妙睡衣前面的扣子。妙妙想要阻止。但小菫卻不停下來。「一點就好。」小菫說。「眞的一點點就好。」

妙妙無法抵抗。小菫的手指觸摸妙妙的乳房。那手指靜靜地沿著妙妙乳房的曲線遊走。小菫的鼻尖在妙妙的頸根左右摩擦著。小菫碰觸妙妙的乳頭。輕輕撫摸，抓住。起初戰戰兢兢的。然後稍微用一點力。

*

妙妙在這裡把話打住。抬起臉來，像在尋找什麼似的眼光看我。臉頰有一點紅起來。

「我想最好先跟你講明比較好，以前我因爲目擊一件奇怪的事情，頭髮完全變得雪白。只在一夜之間，一根不剩地全部變白了。從此以後我一直都在染黑頭髮。不過小董知道我染髮。只是來到這個島上之後，我覺得麻煩便停止染了。這個島上沒有一個人認識我，我覺得無所謂了。不過知道你可能來之後，才又再染黑。第一次見面不想給你怪印象。」

時間在沉默中流過。

「我沒有同性戀的經驗，也從來沒想過自己會有這種傾向。不過如果小董認眞要求的話，我想我也可以回應她沒關係喲。至少我沒有厭惡的感覺。不過我是說，如果只是跟小董的話。所以當小董的手指到處撫摸我的身體，她的舌頭伸進我口中時，也沒有抗拒。雖然覺得很不可思議，不過也想努力去習慣它。所以我就隨便她怎麼樣。因爲我喜歡小董，所以我想如果她那樣會快樂的話，不管她要怎麼樣我都沒關係。

「然而不管怎麼想，我的身體卻和我的心不在一起。你明白吧？小董竟然這麼珍惜地觸摸我的身體，對這件事本身，我有一部分甚至感到高興。但儘管我的心是多麼這樣感覺，我的身體卻在拒絕她。不肯接受小董。我體內興奮的只有心臟和頭腦而已，其他部分卻像石頭一般乾乾硬硬的。雖然很悲哀，卻是沒辦法的事。當然小董也知道這個。小董的身體灼熱，柔軟而濡濕。但我卻無法回應她。

「我向她說明。我不是在拒絕妳。但我沒辦法做到。自從14年前發生那件事之後，我已經無法跟這個世界的任何人做身體上的接觸了。這是已經在某個別的地方被決定的事。而且我說如果有什麼我能爲她做的話，我願意爲她做。也就是說我的手指，或嘴巴。不過我也知道她所要的並不是這個。

「她在我額頭上輕輕吻一下，說對不起。我只是喜歡妳而已。雖然猶豫了很久，還是不能不這樣做，她說。我跟小董說，我也喜歡妳喲。所以妳不要介意。以後我還是希望能跟妳在一起。我這樣說。

「然後很久之間，小董把臉埋在枕頭裡，簡直像決了堤般地哭起來。我在那之間一直撫摸著她赤裸的背。從肩口到腰，一面用手指一一感覺她所有的骨頭形狀一面摸。我也和小董一樣想哭。但卻哭不出來。

「我那時候可以了解。我們雖然是很好的旅行伴侶，但終究只不過是各自畫出不同軌道的孤獨金屬塊而已。從遠遠看來，那就像流星一般美麗。但實際上我們卻個別封閉在那裡，只不過像什麼地方也去不了的囚犯一樣。當兩顆衛星的軌道碰巧重疊時，我們就像這樣見面了。或許心可以互相接觸。但那只不過是短暫的瞬間。下一個瞬間我們又再回到絕對的孤獨中。直到有一天燃燒殆盡為止。」

「痛快地哭過之後，小堇起來，撿起掉落地上的睡衣靜靜地穿上。」妙妙說。「然後，她說要回自己房間，暫時一個人靜一靜。我說事情不要想得太多噢。到了明天又是不同一天的開始，很多事情一定還會跟以前一樣順利進行的。對呀　。小堇說。然後彎下腰跟我貼貼臉頰。她的臉頰濕濕暖暖的。我覺得小堇好像朝我的耳邊喃喃說了什麼。但非常小聲，所以我沒聽見。我正想問她時，小堇已經背朝我了。

「她用浴巾擦擦臉上的眼淚，走出房間去。把門關上，我再一次蓋起被子閉上眼睛。我想發生這樣的事情之後一定不容易睡著吧，然而實際上在那之後，很奇怪我立刻就睡熟了。

「早晨七點醒來時，屋子裡到處都沒有小堇的蹤影。大概清早醒來（或許整夜完全沒睡也不一定），一個人到海灘去了吧，我猜想。因為她說想暫時一個人靜一靜。雖然一張紙條都沒留下，我覺得有點奇怪，不過我想因為昨天晚上的那件事，她一定心情很亂。

「我洗了衣服，把小堇床上的寢具拿出去曬，一面在陽台看書一面等她回來。但一直到中午以前小堇還是沒有回來。我很不放心，雖然覺得不太好還是到她房間去檢查看看。因為我擔心說不定她一個人離開這個島走掉了。不過行李還跟平常一樣攤開著，錢包和護照也都還留著，而且房間角落還晾著游泳衣和襪子。桌上散亂著零錢、便條紙和各種鑰匙。鑰匙之中也有這間度假別墅大門的鑰匙。

「我有一種討厭的預感。因爲我們到那個海灘去時，總是確實穿好運動布鞋，游泳衣上面套T恤，這樣翻過山去的。帆布袋裡裝著毛巾、礦泉水。可是袋子、鞋子、游泳衣還全都留在房間裡。不見的只有在附近雜貨店買的便宜涼鞋，還有我借她的絲質薄睡衣而已。就算只在附近散步一下，那副模樣也不可能在外面待那麼久吧。

「我那天下午，出去外面一直到處找她。在房子附近一圈圈繞著走，到海灘來回找，然後下到街上在馬路上來回走，又回到家。可是到處都沒有小堇。天漸漸暗下來，已經到了晚上。跟昨天晚上截然不同，變成風很強的夜晚。整個晚上都聽到海浪的聲音。那天晚上我一聽到任何微細的聲音都醒過來。大門沒有上鎖。天亮了小堇還是沒回來。她的床還是我鋪的那個樣子。於是我到港口附近本地的警察局去。

「警察中有人會講流暢的英語，我說明了來意。我說跟我一起來的女的朋友失蹤兩個晚上沒回來。但對方並不認眞的當一回事。他說妳的朋友不久就會回來的。這是經常有的事。到這裡來，大家都會脫線。現在是夏天，大家都很年輕。第二天我再去時，他們比昨天稍微認眞一點聽我說。不過還是不肯動。所以我就打電話到雅典的日本領事館去說明事由。幸虧對方是個很親切的人。他對警察局長不知道用希臘語說了什麼重話，因爲這樣警察才認眞開始搜查起來。

「不過卻沒有找到線索。警察幫忙在港口和別墅附近打聽，但沒有人看到小菫。渡輪的船長、售票口的男人，都說記憶中這幾天都沒有日本年輕女子搭過船。這麼說來，小菫應該還在這個島上。本來她身上就沒有帶買渡輪船票的錢。而且在這狹小的島上，如果有日本年輕女孩子穿著睡衣在外面漫無目的地走著，不可能眼睛會沒看到吧。也許在海裡游泳溺水了。警察去詢問，據說那天早晨一直在山對面海灘游泳的德國中年夫婦。那對夫婦說不管在海上或來回的路上，都沒看見日本女人。警察答應我，會盡量繼續搜查看看，而且實際上我想他們確實相當賣力地出動了。但卻絲毫沒有任何消息，時間就這樣過去了。」

妙妙嘆一口大氣，用雙手蓋住臉頰的下半部。

「只好打電話到東京，請你到這裡來。因爲我一個人已經一點辦法都沒有了。」

我試著想像小菫一個人在荒涼的山中徘徊的身影。穿著薄薄的絲睡衣和海灘涼鞋的樣子。

「睡衣是什麼顏色的？」我問。

「睡衣的顏色？」妙妙以驚訝的臉色反問我。

「小董穿在身上就那麼失蹤的睡衣。」

「對了，是什麼顏色的呢。我想不起來了。因爲在米蘭買了之後就一次也沒穿過。是什麼顏色呢？是淺色的。大概是淺綠色吧。非常輕，也沒有口袋。」

我說「不管怎麼樣，再打一次電話到雅典的領事館，請他們派個人到這島上來。還有請領事館聯絡小董的父母親。我知道妳心情很沉重，不過總不能再沉默下去了吧。」

妙妙輕輕點頭。

「妳也知道，小堇有一點極端的地方，偶爾會做出一些很出人意表的事。不過她應該不會一聲不響地不告訴妳就離家四天。」我說。「在這方面她還算是正常的。所以小堇四天都沒回來，表示她有回不來的理由。雖然不知道是什麼樣的理由，不過大概是滿嚴重的。也許走在野地裡掉進井裡了，正在那裡等待救援。也許被誰強行擄走了。也許被殺死埋掉了也不一定。年輕女孩子只穿一件薄薄的睡衣半夜裡走在山中的話，什麼事都有可能發生。不管怎麼說，都必須趕快想辦法才行。不過今天暫且先睡覺吧。因爲看來明天還會是很長的一天。」

「小堇她，會不會……你想她會不會在什麼地方自殺了？」妙妙問。

我說「當然也不能斷然說完全沒有自殺的可能性。不過如果小堇在這裡決心自殺的話，一定會留下信的。不會像這樣丟下一切不管，給妳帶來麻煩的。她喜歡妳，而且首先，她就會考慮到妳被留下來的心情和處境。」

妙妙交抱著雙臂，看了一下我的臉。「你真的這樣想嗎？」

我點點頭。「不會錯，她就是這種個性。」

「謝謝。這是我最想聽的。」

妙妙帶我到小堇房間去。簡直像個巨大的骰子一般，沒有裝飾的正四方形房間。有一張木製小床，有寫字用的書桌和椅子，有小衣櫥和放零碎東西的抽屜。書桌腳下放著一個中型的紅色皮箱。正面的窗戶朝向山敞開著。桌上放著嶄新的麥金塔的筆記型電腦 Power Book。

「我把她的東西整理好，讓你可以睡這裡。」

剩下我一個人時，突然非常睏。時刻已經快12點了。我脫下衣服，鑽進棉被裡去。但卻睡不安穩。就在不久以前這張床上還睡著小堇呢，我想。而且長久移動的興奮還像餘音般留在我體內。我在硬硬的床上，被一股自己彷彿還在繼續那沒完沒了的移動似的錯覺所襲。

在棉被裡我重新回想一次妙妙的長話，我試著想把重要部分列出來。但腦子無法順利作用。沒辦法有系統地思考事情。沒辦法，一切只好等明天再說。然後我忽然想像，小堇的舌頭伸進妙妙嘴裡的情景。那也明天再說了，我想。雖然很遺憾，並不太有明天會比今天好的展望。不過不管怎麼樣，現在在這裡想這些也一點都沒用。我閉上眼睛，不久就落入深沉的睡眠中。

10

我醒過來時，妙妙正在陽台準備擺出早餐。時刻是八點半，新的太陽正為世界充滿了新的光。妙妙和我在陽台的餐桌就座，一面眺望著光芒耀眼的海一面用早餐。吃了土司和蛋，喝了咖啡。兩隻白鳥掠過斜坡朝向海面彷彿滑行般飛下去。從附近不知道什麼地方傳來收音機的聲音。播音員以很快速度的希臘語播報著新聞。

由於時差所帶來的奇怪麻痺般的感覺還留在腦心。或許因為這樣，我無法分清現實和看來像現實的東西間的界線。我在希臘這個小島上，和昨天才剛剛第一次見面的比我大的美麗女人兩個人共進早餐。這個女人愛小堇。但卻無法感覺性慾。小堇愛這個女人，而且感覺到性慾。我愛小堇，也有性慾的感覺。小堇雖然喜歡我，但並沒有愛我，也無法有性慾的感覺。我對別的匿名女人能有性慾的感覺。但卻不愛她。關係非常複雜。簡直像存在主義戲劇的劇情一般。一切事情都堵在那裡行不通，誰也到不了任何地方。無可選擇。而現在小堇更獨自從舞台上消失了。

妙妙在我空了的杯子裡再爲我注入新的咖啡。我道了謝。「你喜歡小堇吧？」妙妙問我。

「也就是說，以一個女人來喜歡。」

我一面在麵包上抹奶油一面簡單地點頭。奶油又冷又硬，花了些時間才抹開。然後我抬起頭補充道。「這種事情大概是由不得你選擇的。」

我們默默繼續吃著早餐。收音機的新聞報導結束後，傳來希臘的音樂。風吹著，搖動九重葛的花。凝神注視時，看得見海面掀起無數的小白浪。

「我想了很多，我想今天趁早到雅典去一趟。」妙妙一面剝著水果皮一面說。「電話上大概說不出結果來，還是直接到領事館去講清楚比較好。結果也許帶領事館的人回這裡來也不一定，或等小堇的父母親到雅典來，再一起回這裡來。不管怎麼樣，如果可以的話，在這之間希望你能留在這裡。也許島上的警察有什麼事聯絡進來也不一定，而且小堇也有可能忽然回來。這件事可以拜託你嗎？」

沒關係，我說。

「我這就去警察局問看看搜查結果，然後到港口去包租一艘小汽艇到羅德島去。因爲往返花時間，所以我想會在雅典訂飯店住下來。大概要花兩、三天吧。」

我點點頭。

妙妙剝完橘子皮之後，把刀刃在餐巾上仔細擦過。「對了，你見過小堇的父母親嗎？」

一次也沒有，我說。

妙妙嘆了一口像往世界盡頭吹的風似的深沉的氣。「唉，我到底該怎麼解釋才好呢？」她的迷惑我也很能理解。無法說明的事，到底該怎麼說明才好呢？

我送她到港口。妙妙帶了一個裝換洗衣服的小皮包，穿一雙有跟的皮鞋，背著一個 MILA SCHÖN 的肩帶皮包。我陪她一起經過警察局，去打聽消息。說我是碰巧到附近來旅行的妙妙的親戚。依然沒有線索。「不過沒問題。」他們以明朗的表情對待我們。「沒有必要太擔心。你們看看，這是個和平的島，當然不是說完全沒有犯罪。有人胡鬧打架，有人喝醉酒，也有政治上的對立叫陣。畢竟是人的營生嘛，全世界到處還不是一樣。不過那都是自己人之間的糾紛。過去15年之間，從來沒有一次以外國人爲對象的嚴重犯罪。」

確實或許是這樣。不過問起小堇身上到底發生什麼事時，他們也無法說明。

「島的北邊有個很大的鐘乳洞，如果不小心跑進去的話，也許會出不來。」他們說。「因爲裡面像複雜的迷魂陣一樣，不過那在非常遠的地方。小姐一定走不到那裡的。」

我試著問有沒有在海裡溺死的可能性。

他們搖搖頭。這附近沒有強烈的海流。而且這一星期天氣都還算好，海浪也不特別大。每天都有很多漁夫出海打魚。如果小姐在海裡游泳溺死的話，一定會有人發現的。

「井呢？」我提出來問。「有沒有什麼地方有深井，在散步的時候掉下去，有這種可能嗎？」

警察搖搖頭。「在這個島上沒有人挖井。因爲沒有那個必要。我們有很多泉水，有幾個不會乾涸的泉源。而且岩盤堅硬，要挖井是很麻煩的作業。」

走出警察局，我對妙妙說，可能的話，我想早上到妳們兩個人每天去的山那邊的海灘走走看。她在書報攤買了島上簡單的地圖把路線標出來，並忠告我說單程要走大約45分鐘左右，所以最好要穿結實一點的鞋子。然後她就到港口去，跟出租小遊艇的司機交涉，一面各用一半法語和英語混著講，一面快速談好了到羅德島的價錢。

「但願結果一切都很順利。」妙妙臨別時對我說。但她的眼睛卻在說著別的。事情沒那麼簡單，她非常了解，我也了解。船的引擎發動了，她一面用左手壓著帽子，一面用右手向我揮手。當她所搭的包租遊艇消失在港外時。我的心情變成好像身上被抽掉幾個小零件似的。我在港口周圍漫無目的地走了一陣子，在土產藝品店買了一副深色太陽眼鏡。然後登上陡峭的階梯回到度假別墅去。

隨著太陽逐漸升高，熾熱也逐漸增強。我在游泳褲上穿一件短袖棉襯衫，戴上太陽眼鏡，穿上慢跑鞋，便沿著狹窄險峻的山路走到海灘。沒戴帽子來是一大失敗，但當然後悔已經太遲了。稍微走一段上坡路之後，立刻感到口渴。我站定下來喝了一口水，在臉上和手臂上塗了向妙妙借來的防曬油。道路因爲乾燥的灰塵而雪白，強風一吹灰塵便化成粉末在空中飛揚。偶爾和牽著驢子的村人錯肩而過。他們就大聲跟我打招呼。說「卡立梅耶耶拉！（你好）」我也以同樣的招呼回答。這樣大概正確吧？

山上所長的樹木都很低矮，形狀扭曲。在到處是岩石的斜坡上，山羊和綿羊一臉不高興地到處繞著走。牠們脖子上繫的鈴鐺發出咖啷咖啷乾乾的聲音。照顧家畜的，主要是小孩或老人。他們在我經過時，首先會斜眼瞄我一下，然後好像表示什麼似的，只稍微舉起手一點點。我也同樣舉起手來回應招呼。確實小董應該不可能在這種地方一個人徘徊流連的。既沒有可以藏身的地方，而且應該會被人看見。

海灘上沒有人影。我把襯衫和游泳褲脫掉，赤裸地下海。水非常舒服，透明。即使離開岸邊很遠，依然還可以清晰看見海底的石頭。在入海的河口附近停泊著一艘大遊艇，下了帆之後的高高帆柱像巨大的節拍器般慢慢地左右搖擺著。但甲板上並沒有人影。只有海浪退下時，帶走無數小石頭的沙拉沙拉的聲音憂愁地響著。

游一下泳之後回到沙灘，赤裸地躺在浴巾上，仰望碧藍的高空。海鷗在入海河口上方一面盤旋一面尋找魚的蹤影。天上連一小片雲都看不見。我在那裡躺了三十分鐘左右，稍微迷糊地打了個盹，不過在那之間沒有一個人來到海灘。不久我對這麼安靜開始覺得不可思議起來。這海灘對一個人獨自來訪來說未免太安靜，太美麗了。這裡有令人聯想起某種死法的東西。我穿上衣服，走同一條山路回到度假別墅。炎熱比剛才更激烈了。我一面機械性地移動著腳步，一面試著推測小堇和妙妙兩個人走在這條路上時到底在想些什麼。

她也許在對自己體內的性慾想東想西。就像我跟小堇在一起時，偶爾會想到自己的性慾一樣。我可以想像到那時候小堇的心情。小堇腦子裡一面浮現躺在旁邊的妙妙的裸體，一面想抱她吧。其中有期待、有興奮、有放棄、有迷惑、有混亂、有膽怯。情緒一會兒高張一會兒低落。忽而覺得一切都會順利，忽而覺得一切都會行不通。不過結果，真的就不順利了。

我攀登到山頂，在那裡喘一口氣喝了水，再走下坡。在看得見度假別墅的屋頂那一帶時，我想起妙妙說小堇來到這個島後，窩在房間裡熱心寫著什麼的話。小堇到底在寫什麼呢？妙妙對那沒有再說什麼，我也沒有刻意去問她。不過小堇所寫的東西中，或許隱藏著她失蹤的線索也不一定。爲什麼沒注意到這點呢？

回到度假別墅我走進小堇房間，打開 Power Book 的開關，試著打開檔案看看。但並沒有找到什麼不得了的東西。有這次歐洲旅行的費用明細、有住處的紀錄、有行程表。然後全都是和妙妙工作有關的事務性東西。到處都沒看到她所寫的私人性東西。從目錄中叫出「最近用過的文件」來看，上面也完全沒留下任何紀錄。大概是刻意刪掉了。小堇不想讓別人隨便讀到。那麼，她一定是把自己所寫的東西存入磁碟裡，保管在什麼地方了。很難想像她帶著磁碟消失蹤影。睡衣也沒有口袋。

我在書桌的抽屜裡試著找找看。有幾片磁碟。但全都是硬碟裡有的東西的備份，或其他工作的資料。找不到可能有含意的東西。我坐在書桌前，試著想想如果我是小堇的話，會把那磁碟收在什麼地方呢？房間很小，沒有任何地方可以藏東西。而小堇對於自己所寫的東西隨便讓別人讀，是極爲神經質的。

當然是在紅色皮箱裡。因爲這個房間裡的東西，又能夠上鎖的就只有這個而已。

這嶄新的皮箱輕得像是空的一樣，試著搖一搖也沒有聲音。但四位數的數字鎖卻是鎖著的。我試了幾個小堇可能當作密碼的數字。她的生日、住址、電話號碼、郵遞區號……全都不行。這是當然的。誰都想得到的號碼，不能當成密碼來用。那應該是她能憑空記得又跟她的私人資料沒有聯繫的數字。思考了很久之後我忽然想到，國立的——也就是我的——市外電話區域局號，我試著合看看。0425。鎖立刻發出聲音彈開了。

皮箱內側的側袋裡，塞著一個黑色小布袋。拉開拉鍊時，裡面放著一本綠色封面的小型日記和磁碟片。我先看看日記。正是她平常的字跡。但那上面並沒有寫任何像有意思的事。只有跟誰見面、飯店名字、汽油價格、晚餐菜單、葡萄酒品牌和味道的傾向。這些記述，幾乎全都只以單字無表情地一連串寫下來。甚至反而是只記了一行的白紙頁數還比較多。看來記日記並不是小堇所擅長的領域。

磁碟上並沒有寫標題。標籤上只有小堇獨特的字跡寫著日期而已。19**年8月。我把那個磁碟片放進 Power Book 裡，打開檔案來看。目錄上有兩件文書。每件文書都沒有附標題。只有1和2的號碼而已。

我在打開文件之前，先試著慢慢環視房間一圈。衣櫥裡掛著小堇的上衣。有她的潛水眼鏡。

有她的義大利語辭典、有她的護照。抽屜裡放著有她的原子筆和自動鉛筆。書桌前的窗外，是滿是岩石的和緩斜坡延伸出去。鄰家圍牆上有一隻全身漆黑的貓正走過。而這沒有裝飾味道的正方形房間則正被下午的寂靜所包圍。一閉上眼睛，我的耳裡還留下早晨無人的沙灘一波波漲落起伏的海浪聲。再一次張開眼睛，這次我側耳傾聽現實世界的聲音，但什麼也聽不見。

滑鼠按了兩下後，文件打開了。

11

文書1

〈人如果被槍擊，是會流血的〉

我現在，說起來正處於漫長命運暫時的結局（對命運來說除了所謂暫時的之外，難道還有別種結局嗎？這雖然是個頗耐人尋味的問題，不過暫且不提），來到希臘的這個海島。直到不久以前我連名字都沒聽過的一個小島。時刻是……凌晨4點稍過一些。當然天還沒有亮。無邪的山羊們正窩在平靜而集合的睡眠中。窗外田野裡排列著的橄欖樹，此刻正暫時繼續吸著黑暗的深深營養。然後照例有月亮。月亮像陰鬱的祭司般冷冷的在屋頂上，用那雙手捧著不孕之海。

不管在世界上的任何地方，我比任何時刻都來得更喜歡這個時刻。不久就要天亮了。就像從母親腋下（是右邊還是左邊？）生出來的佛陀一樣，新的太陽即將從山頭冒出臉來。深思熟慮的妙妙終於將安靜地醒過來。到了6點鐘我們將做簡單的早餐吃，再翻過後山到每天去的美麗海岸。就在這樣如同平常的一天開始之前，我（正捲起袖子）想把這工作好好的做完。

如果不把幾封長信算進去的話，已經很久沒有純粹爲自己寫文章了，因此到底能不能順利寫到最後實在有點沒自信。話雖這麼說，不過想想所謂有自信「能夠順利寫完」這回事，我有生以來從來也沒有過一次。我只是單純的不寫實在受不了而已。

爲什麼不寫實在受不了嗎？這理由很清楚。因爲要思考一件事，首先就有必要把那個什麼試著寫成文章。

我從小就一直這樣。有什麼不明白的事情時，我就會將散落在腳邊的語言一一拾起來，試著排列成文章的形式看看。如果那文章沒有幫助的話，就重新把它打散，再試著改排成別種形式看看。這種事重複做幾遍，我終於可以跟平常人一樣地思考事情了。寫文章對我來說，既不那麼麻煩也不怎麼痛苦。就像別的孩子撿拾美麗的小石頭或橡樹子一樣，我則熱中於寫文章。我就像呼吸一樣自然地，用紙和鉛筆一篇又一篇地寫文章。並思考。

或許你會說，如果每次要思考事情時都必須一一去做那種事情的話，要等結論出來恐怕得花不得了的時間吧。或許你不會說。不過事實上確實花了很多時間。剛進小學時的我，甚至被周圍的人認爲我是不是〈智障〉。我無法適度配合同班小孩的步調一起學下去。

這種差異所帶來的不適應，在我小學畢業時已經減少很多了。我已經學到某種程度讓自己去配合周圍世界成立方式的方法了。不過差異本身，一直到我大學休學，和一般公式化的人斷絕關係爲止，一直還在我心中。就像草叢中沉默的蛇一樣。

在這裡的暫設主題。

我日常以文字的形式確認自己。

對嗎？

沒錯！

就因爲這樣，所以我到目前爲止一直寫了相當大量的文章。日常性地——幾乎是每天。就像一個人勤快地繼續割除以非常快的速度永不休止地繼續長長的廣大牧場的草一樣地。今天除除這裡，明天除除那裡……一星期後繞回來時，草已經又茂盛地長到和原來一樣長了。

但自從遇見妙妙之後，我幾乎變成無法寫所謂文章這東西了。爲什麼呢？K所說的虛構

fiction = 傳導 transmission 說，相當具有說服力。確實這在事物的某一面也許是眞實的。不過我也覺得不只是這樣而已。嗯，試著想得單純一點吧。單純、單純。

換句話說，我也許已經停止思考了——當然是指我個人把它定義爲思考的這回事。就像兩個重疊的人造衛星一樣，我緊緊貼在妙妙的身旁，和她一起漂流到什麼地方去（應該說是某個莫名其妙的地方吧）。我想「那也沒什麼關係」。

或者應該說，爲了陪伴在妙妙身邊，我有必要變成非常輕便。連所謂思考這種基本行爲，對我來說都已經變成相當沉重的包袱了。簡單說只是這麼回事而已。

不管牧場的草已長得多長了，我已經（哼）不管了。我攤平了躺在草叢裡仰望天空，眺望著流動而去的白雲。並把命運付託給那雲任其飄流。悄悄的把心交給濕潤的草香，交給吹過的風的呢喃。連我到底知道什麼，不知道什麼——的差別，對我都無所謂了。

不，不對。那對我來說，本來就無所謂的。我必須試著更正確地記述看看。正確、正確。

想想看，自己所知道的（以爲知道的）事情，也暫且當作「不知道的事」，試著化爲文章的形式看看——這是我對寫文章的第一條規則。「啊，這個我知道。不必費工夫特地去寫。」一這樣開始想時，就完了。我也許到不了任何地方。例如具體地說，如果我把在旁邊的誰想成「啊，這個人的事情我知道得很清楚。不必一一去考慮。沒問題。」而安心的話，我（或者你）可能會被出賣得很慘。我們以為充分深知的事情背後，卻隱藏著同樣多我們所不知道的事情。

所謂理解，經常不過是誤解的總體。

這是（雖然只限於在這裡）我認識世界的小小方法。

在我們的世界裡，「知道的事」和「不知道的事」其實就像暹羅雙胞胎那樣宿命性地難以分開，渾沌地存在著。渾沌、渾沌。

到底有誰，能分辨海和海所反映的東西的界線呢？或者能夠分辨下雨和寂寞的分別呢？就這樣，我很乾脆地放棄分辨知與不知。這是我的出發點。依不同的想法，這也許是很糟糕的出發點也不一定。不過人，嗯，總是不得不從什麼地方開始出發的。對嗎？就因為這樣，我把主題和文體、主體和客體、原因和結果、我和我的手關節，一切都當作不可能分辨的東西來認定。各種粉撒滿了廚房一地，鹽巴、胡椒、麵粉、太白粉，全混在一起了——說得明白一點的話。

我和我的手關節——是的，一留神時我又坐在電腦前面，弄響著我的手關節。自從戒菸不久之後，這個壞毛病就又復活了。我首先把右手的五隻手指根部弄得劈啪劈啪響，然後把左手的五隻手指根部弄得劈啪劈啪響。雖然不是我自豪，不過我可以很猛烈地弄出非常大的聲音——就像徒手折斷什麼的脖子時那樣乾脆而不祥的聲音。從小學時候開始，我那聲音之大都不輸給班上的任何男生。

上了大學不久之後，K才悄悄地告訴我說，那並不是很値得讚美的特技。女孩子到了某個年齡，至少在別人面前，是不可以大聲弄響手指關節的。如果做那種事情的話，看起來簡直就像出現在『007情報員續集』（From Russia with Love）的羅得・雷尼亞（Lotte Lenya）一樣噢。於是我想「原來如此」——爲什麼以前沒有人告訴我這件事呢？——我才努力把這毛病改掉。我雖然非常喜歡羅得・雷尼亞，不過像那樣就傷腦筋了。但自從戒菸之後，我發現自己經常面對書桌無意識地弄響手關節。劈啪劈啪、劈啪劈啪。我的名字是龐德，詹姆斯・龐德。

話說回來。已經不太有時間了。沒時間繞圈子。現在不管羅得・雷尼亞了。也沒閒功夫再去忙著比喻。就像前面已經寫過的那樣，我們身上難以避免地同居著「知道（以爲）」和「不知道」。而且很多人在這兩者之間方便地立起屛風活下去。因爲這樣既輕鬆又方便。可是我卻很乾脆地把這屏風拆掉。因爲我沒辦法不這樣。因爲我實在很討厭屏風這東西。因爲我就是這樣的人哪。

不過假如再讓我用一次暹羅雙胞胎的例子的話，她們並不是經常都相處得很好。並不是經常都努力了解對方。反而是相反的情況比較多。右手不知道左手想要做什麼，左手不知道右手想要做什麼。因此我們感到混亂、迷失……並且衝突而撞上什麼。砰！

我在這裡想說的，也就是，當人們想讓「知道的事情（以爲）」和「不知道的事情」和睦相處時，需要有相當巧妙的對策。所謂這對策——對，沒錯——就是思考。換句話說，要事先把自己緊緊聯繫固定在某個地方。要不然，我們肯定會闖進那活該被罰的「衝突跑道」去。

假設問題。

那麼，如果既不認眞思考（一面躺在原野上，望著天空悠悠的白雲，一面聽著小草長長的聲音），又想免於衝突（砰！）人應該怎麼辦才好呢？很難嗎？不不，純粹從理論上來說，很簡單。**C'est simple.** 只要作夢。繼續作夢。進入夢的世界，從此不再出來。永遠活在那裡。

在夢中你不必分辨事情，完全不必。因爲那裡本來就沒有所謂分界線這東西存在。所以在夢中幾乎不會發生衝突，假定發生了也不會痛。但現實卻不一樣。現實會咬人。現實、現實。

從前，山姆・畢金柏導演的「日落狂沙（The Wild Bunch）」公映時，一個女記者在記者招待會上舉手發問。「到底爲了什麼理由，需要去描寫那麼大量的流血呢？」她以嚴肅的聲音問。演出明星之一的恩斯特・伯格耐（Ernest Borgnine）一臉困惑地回答。「聽好噢，小姐，人被槍擊的話，是會流血的。」這部電影是在越戰打得正激烈的時代製作的。

我喜歡這台詞。或許這就是現實的根本吧。難以分辨的東西，就以難以分辨的事實來接受，並流血吧。槍擊和流血。

聽好噢，人被槍擊的話，是會流血的。

所以，我一直在寫文章。我做日常性思考，在繼續思考的延長中，某個無名的領域裡讓夢受胎——漂浮在所謂非理解的這個宇宙性壓倒性羊水中，名爲理解的無眼胎兒。我所寫的小說毫無辦法的拉長，最後（現在這時候）變成不可收拾，大概就是因爲這樣吧。我還沒辦法支援符合那規模的補給線。無論是技術上，或道義上。

不過這並不是小說。該怎麼說才好呢——總之只是文章而已。不需要巧妙的收尾。我總之只是發出聲音、思考事情而已。在這裡我沒有道義上的責任之類的。我……嗯，只是在想而已。我最近已經很久沒有想什麼了，而且往後大概也暫時不會想什麼。但總之現在我在想。到天亮以前，我在想。

不過話雖如此，我卻揮不去每次熟悉的灰暗疑慮。我是不是對完全無用的東西投注太多時間和精力了？我是不是往大家正為長期降雨所困擾的地方，努力搬運沉重的水桶給他們呢？我是不是應該放棄徒勞無益的努力，只要在自然的流水中讓自己隨波逐流就行呢？

衝突？衝突是指什麼？

換一種說法吧。

嗯，要換成什麼來說呢？

對了——是這樣的。

假如要寫這樣漫無邊際的文章的話，還不如再一次鑽進溫暖的床上，一面想著妙妙一面自慰還比較正常多了。我指這個。

我非常喜歡妙妙臀部的曲線，喜歡她像雪一般純白的頭髮。但她的陰毛卻和頭上的白髮成對照性的漆黑，形狀美麗。她那包在黑色小內褲裡的臀部也很性感。我無法停止想像那裡面同樣漆黑的T字形陰毛。

不過我不要再想這種事了。要斷然停止。我把漫無目的的性幻想回路開關完全切斷（啪）。我為了寫這文章暫且集中精神。我想把天亮以前的貴重時間用在更重要的事情上。什麼是有效的什麼是無效的，是由別的地方的別人決定的。而我現在對那些人則不如對一杯麥茶的興趣更高。

對嗎？

沒錯

那麼就向前走吧。

雖然有人說把夢（那不管是實際做的夢，或是創作）寫進小說裡是危險的嘗試，不過唯有少數擁有特殊才華的作家，能夠把夢所擁有的不合理的整合性用語言重新組織起來。我對這點也沒有異議。儘管如此，我還是要在這裡談有關夢。我剛剛才作了這個夢。我把那夢當作與我自己有關的一個事實，紀錄在這裡。作為一個忠實的倉庫管理員，和文學性（嗯）幾乎沒關係。

老實說，到目前為止我作過好幾次情節和這類似的夢。細節各不相同。地點也不同。但類型總是一樣。從夢中醒來時，我所感到的痛的質（深度和長度），也大致相同。其中有一個主題一直在重複反覆著。就像在視線不良的彎道前總會拉響汽笛的深夜火車一樣。

〈小董的夢〉

（這個部分以第三人稱記述。因為覺得那樣好像比較正確的樣子）

小董為了和老早以前就死去的母親見面而爬上長長的螺旋梯。母親應該會在樓梯的最頂點等著她。母親有事要告訴小董。往後要活下去小董無論如何必須先知道的重大事實。小董害怕見母親。因為是第一次去見已經死掉的人，而且也不知道母親是什麼樣的人。或許她對小董懷有——

由於小菫所想像不到的原因——敵意或惡意也不一定。但是又不可能不見。這是她被賦予的最初也是最後的機會。

是一條很長的樓梯。一直往上走了又走，還是沒到達頂點。小菫一面喘著氣一面繼續快步走上去。這樣的話快沒時間了。母親不可能一直留在這建築物裡。汗從小菫額頭冒出來。樓梯終於到頂了。

樓梯盡頭有一個寬大的舞廳，正面盡頭是牆壁。堅固的石牆。就在臉的高度一帶，開有像抽風機換氣孔般的圓洞。直徑五十公分左右的狹窄的洞。而小菫的母親簡直以像勉強從腳被推進去似的侷促姿勢，進入那洞裡去。小菫領悟到限定的時間已經結束了。

母親的臉筆直朝向這邊，在那狹小的空間裡躺著。她好像在訴說什麼似的看著小菫的臉。這個女人是我的母親，小菫第一眼就知道了。是她給了我生命和肉體的。可是母親不知道爲什麼，和家人相簿上的照片裡映出的母親看來像別人。眞正的母親美麗而年輕。或許這個女人不是我的母親呢？小菫想。我被父親騙了。

「媽——。」小菫放聲叫出來。感覺到好像心中有一種障礙解除了似的。但小菫這話才一出口的同時，母親就像被吸進巨大的眞空方向而去似的，被拉進洞的深處去了。母親張開嘴巴，向小董喊叫什麼。但由於從洞的縫隙漏出來呼呼的空虛風聲，因此那話沒有傳到小堇耳裡。而在下一個瞬間，母親的身影已經被拉進黑洞深處去，消失了。

回頭一看，樓梯已經消失。現在四面已被石牆包圍住。剛才有樓梯的地方設有一道木門。旋轉把手向內側打開時，對面是空的。她正站在高塔的頂端。往下看時由於高度的關係而感到眩眼。天上有很多像小飛機般的東西在飛著。誰都會做的一個人乘坐的簡單飛機。用竹子、輕木材等做的。座位後面的部分，附有握拳般大的引擎和螺旋槳。小堇大聲地朝向通過的飛行員喊叫求救，請他們來救自己出去。但飛行員們根本就沒有轉向她這邊看。

小堇想大概因爲自己穿著這樣的衣服所以誰都看不見自己。她穿著像在醫院規定穿的那種匿名性的、白色長袍。她脫掉那衣服，全身赤裸。長袍下什麼也沒穿。她把脫下的長袍往門外的空間拋出去。那就像解開束縛的靈魂般，隨風飄著，飄到遠方消失了。同樣的風也吹撫著她，拂動陰毛。一留神時，剛才在附近飛的小型飛機已經全部變成蜻蜓了。天空充滿了各種顏色的大蜻蜓。牠們巨大的球形眼睛朝向所有的方向閃爍著光芒。而那翅膀的聲音，就像收音機的音量轉大般變得越來越大聲。終於變成難以忍受的轟音。小堇當場蹲下來，閉上眼睛，塞住耳朵。

這時候她醒過來。

小菫清清楚楚地記得夢中的各種細節。清楚得可以畫成畫的程度。但是只有被吸進黑洞裡去消失掉的母親的臉，卻無論如何也想不起來。那時母親嘴裡說的重要的話，也同樣消失到虛無的空白裡去了。小菫在床上使勁咬著枕頭，拚命地哭起來。

〈理髮師不再挖洞〉

在作過這個夢之後，我下了一個重大的決心。我辛勤努力所架設的吊橋前端終於碰到對岸堅固的岩盤。咚。我想我要清楚地告訴妙妙我在追求什麼。這種吊在半空中的狀態不能永遠繼續下去。總不能像某個膽怯的理髮師那樣在後院挖個不怎麼樣的洞，悄悄告白說「我愛妙妙！」如果繼續這樣下去的話，我一定會不斷地再繼續失去。每一個黎明和每一個黃昏，將逐漸奪走我的一點一滴。而且不久之後所謂我這個存在也將被流水沖刷殆盡。變成「什麼都沒有」了。

事情像水晶般非常清楚。水晶、水晶。

我想擁抱妙妙，想讓妙妙擁抱。我已經付出太多東西。我已經不想再給他們什麼了。現在開始也還不遲。因此我必須和妙妙相交。必須進入她的體內。希望她也能進入我的體內。像兩隻貪婪的滑溜溜的蛇一樣。

如果妙妙不接受我怎麼辦？

那樣的話我只好再度接受事實吧。

「聽著噢，人若被槍擊，是會流血的。」

血不得不流。我磨快刀刃，不得不切割狗喉嚨的某個地方。

對嗎？

沒錯。

*

這篇文章是寄給自己的訊息。就像boomerang木製彎刀一樣。那被丟出去，到遙遠的黑暗中切割，使可憐的袋鼠小靈魂冷卻，終於又飛回我的手上來。飛回來的彎刀，和拋出去的彎刀不是同一把。我知道。boomerang、boomerang。

12

文書2

現在的時刻是下午2時半。外頭的世界像地獄般炎熱耀眼。岩石、天空和海都一樣白花花地閃著輝煌的光。眺望一會兒之後，那些就會互相呑食彼此的界線，溶解化爲渾然一體。一切有意識的東西都避開一無遮攔的光，沉入陰影中打盹。連鳥都沒在飛。不過家裡卻涼得很舒服。妙妙在客廳聽著布拉姆斯。她穿著細肩帶的藍色夏衫，把雪白的頭髮繫一小束在後面。我坐在自己的書桌前寫這文章。

「音樂會不會太吵？」妙妙問。

布拉姆斯是不會吵的。我這樣回答。

我一面回憶幾天前，妙妙在勃根地村子所說的事，一面重新整理。這不是一件簡單的工作。她的話斷斷續續，而且情節和時間不斷地交錯著。有時分不出什麼在前什麼在後，什麼是原因什麼是結果。當然這不能責怪妙妙。埋進記憶深處陰謀的刻薄剃刀，劃開她的肉。浮在葡萄園上的星光隨著黎明的逐漸醒來，生命的顏色也從她臉頰上漸漸退潮。

我說服她，讓她說出來。鼓勵、脅迫、撒嬌、讚美、誘惑。一面讓紅葡萄酒杯頻頻傾注，我們一面繼續談到天亮。兩個人手牽著手共同尋覓、分解、重組她記憶的軌跡。但妙妙還是有無論如何都想不起來的部分。一踏進那個地方時，她便靜靜地感到混亂，並喝更多的葡萄酒。危險地帶。我們停止再繼續探索。小心地走出那裡，往比較安全的地方走。

說服妙妙談那件事，是由於我發現妙妙把頭髮染黑。因為妙妙很小心，所以周圍沒有任何人——除了少數例外——知道她染頭髮。但我卻注意到了。長久旅行每天生活在一起，總有一天會看到。或許妙妙刻意不隱瞞也不一定。如果她真的想的話，應該可以更小心的。妙妙也許覺得讓我知道也是沒辦法的事吧。或許她希望我注意到也不一定。（嗯，這當然只不過是我的推測而已。）

我直率地問她。對，我的個性就是忍不住要率直問個究竟。妳到底有多少白髮？什麼時候開始染的？她說14年。14年前頭髮一根也不剩地完全變白了。她說。生了什麼病嗎？不是，妙妙說。因爲某一件事情，所以頭髮完全變白了。只在一夜之間。

我說希望能聽聽那件事情——我懇求她說。我想知道有關妳的一切事情。因爲我也會毫不隱瞞地告訴妳我的任何事情。但妙妙靜靜地搖搖頭。她從來沒有跟任何人說過這件事。連她丈夫，她都沒有告訴他眞正的事情。14年之間，她當作只屬於自己一個人的秘密一直保守到現在。

不過結果對那件事，我們決定談到天亮。任何事情終究有該談出來的時候，我這樣說服妙妙。要不然人的心永遠會被繼續束縛在那個秘密上。

我這樣一說，妙妙就像在望著遠方的風景似地，望著我。她的瞳孔中有某種東西慢慢地浮上來，又沉下去。她說「嘿，我這邊已經沒有任何東西需要清算了噢。需要清算的是他們，不是我。」

我無法理解妙妙話中眞正的含意是什麼，我老實說出來。

妙妙說「如果我告訴妳這件事，今後我和妳兩個人將一直共有這件事。對嗎？但我不知道這到底對不對。我現在如果一打開這個盒蓋，也許妳也會被包含進這件事裡也不一定。這是妳所希望的嗎？我不管付出什麼樣的犧牲，都想忘記的這件事情，妳竟然想知道嗎？」

對，我說。不管什麼事情都好，我都願意跟妳共有。希望妳什麼都不要隱瞞。

妙妙喝了一口葡萄酒，閉上眼睛。有一段像時間逐漸鬆弛下去般的沉默。她正猶豫著。

但結果，她開始講了起來。一點一點地。片段片段地。其中有些東西立刻動起來，有些東西則一直繼續留著。在這裡產生了各種落差。有時候，落差本身也開始帶有意義起來。我以一個述說者的立場，不得不小心謹慎地把那些收集撿拾起來。

妙妙與觀光纜車

妙妙那年夏天，決定一個人住在瑞士靠近法國邊界附近的一個小村子裡。她25歲，當時正住在巴黎學鋼琴。會來這個村子，是應父親要求來談生意的。談生意本身很簡單，跟談生意對象公司的負責人一起吃過一次晚餐，在合約書上簽個名字就完了。但她對這個村子卻一見鍾情。是個小巧雅致的美麗村子。有湖、湖畔有中世紀的城堡。她開始想在這個村子裡住一段時間生活看看。附近的村子還舉辦夏季音樂節。她也可以租車子每天去那裡參觀。

很巧的是剛好有一間短期出租附家具的公寓空著。建在村子尾山丘上感覺很好的漂亮小公寓。視野很好。附近又有練習鋼琴的地方。雖然租金不便宜，不過不夠的部分請父親幫忙總有辦法。

妙妙在那個村子展開短暫而心情安穩的生活。每天去參加音樂節，到附近散步，認識了幾個人。發現喜歡的餐廳和咖啡廳。從她房間的窗戶看得見村外的遊樂場。遊樂場裡有很大的觀光纜車。看得見有門的各色車廂繫在令人聯想到命運的巨大車輪上，花時間慢慢在空中旋轉。達到一定高度的空中時，又開始下降。觀光纜車什麼地方也去不了。只是上到上面，又再回來而已。在那上面很奇怪卻能得到不可思議的舒暢感。

到了晚上觀光纜車便點亮無數的燈光。遊樂場結束營業，纜車停止旋轉之後，那照明燈光依然亮著。一直到天亮爲止，簡直像和天上的星星互相爭輝似的，車輪明亮地閃著光輝。妙妙坐在窗邊的椅子上，一面聽著收音機的音樂，一面毫不厭倦地望著觀光纜車上上下下的樣子（或像紀念碑般靜止不動的樣子）。

她在村子裡認識一個男人。大約50歲左右的英俊拉丁系男人。個子高高的，鼻形美好而有特徵，頭髮筆直而黑。他在咖啡廳向她開口打招呼。問她從哪裡來。她回答從日本。兩個人談了起來。聽說他叫做費迪南。生在巴塞隆納，不過大約從5年前開始在這個村子從事家具設計的工作。

他以輕鬆的口氣聊著，說著笑話。聊聊天之後他們就分手了。兩天後兩個人又在同一家咖啡廳見面。原來他是離婚的單身者。離開西班牙，是爲了到一個新地方過新生活，他說。但她發現自己對這個男人並沒有很好的印象。可以感覺到對方對肉體上的需求。她聞到性慾的氣味。這使她感到畏卻。她決定不再接近那家咖啡廳。

但從此以後她在村子裡經常看到費迪南的影子。甚至覺得他好像在跟蹤自己似的。或許這是無意義的幻想也不一定。因爲是個小村子，所以經常和某個人碰面並不是特別奇怪的事。他每跟妙妙四目相對時，總是對她微笑親切地打招呼。她也回應招呼。不過妙妙似乎逐漸感覺到混合著不安的焦慮。她開始感覺自己在這個村子的安靜生活似乎已被費迪南這個男人所威脅。就像在樂章的開始，象徵性地被提示的不諧和音一般，爲她安穩的夏季帶來不祥預感的污點。

不過費迪南的出現只不過是污點的一部分而已。在這裡生活了10天左右之後，她開始感覺到村子裡的生活，整體上有某種閉塞感。雖然村子的每個角落都很美麗而清潔，然而她也開始覺得這好像有點器量狹小和獨善其身。人們親切而和藹。但她開始從其中看出對東洋人似乎有眼睛看不見的感情上的差別。餐廳所端出來的葡萄酒有奇怪的餘味。買的青菜有蟲子。音樂節的演奏聽來全都顯得有氣無力。她對音樂無法集中精神。起初覺得住起來很舒服的公寓，看起來也覺得像趣味惡劣的鄉下房子。很多東西失去了最初的光輝。不祥的污點逐漸擴大下去。而她的眼光竟然無法從那污點移開。

夜裡電話鈴聲響起。她伸手拿起聽筒，說「哈囉！」電話卻咯地掛斷了。這樣連續好幾次。她想會不會是費迪南？不過並沒有證據。只是他怎麼會知道電話號碼呢？老式電話機又不能把電線拔掉。妙妙變得沒辦法睡好。開始吃起安眠藥。食慾也沒了。

她想提早離開這裡。但不知道爲什麼，自己卻無法順利脫離那個村子。她找了些似乎說得很通的理由。房租已經預付一個月了，也買了音樂節的整季聯票。她在巴黎住的公寓暑假也託人短期出租出去。現在不可能要回來——她這樣告訴自己。而且並沒有實際發生什麼事情。沒有具體的被害。也沒有發生惹自己討厭的事。也許我只是對很多事情變得過分緊張兮兮了而已。

她和平常一樣在附近的小餐廳吃晚飯。這是住進這個村子經過兩星期左右的事。吃過晚餐後，想要呼吸一下夜晚的空氣，於是很難得地作了一個很長的散步。一面想著事情，一面不經意地從一條路走到下一條路。一留神時已經站在遊樂場門口了。有觀光纜車的那個遊樂場。熱鬧的音樂、招徠客人的呼喚聲、孩子們的歡笑聲。客人幾乎都是家人一起來的，或當地的年輕情侶。妙妙想起小時候跟父親去遊樂場時的情景。她還記得一起坐咖啡杯時，聞到父親斜紋西裝外套的氣味。她坐在上面時，一直緊緊抓住他的西裝袖子。那氣味是遙遠的大人世界的記號，對幼小的妙妙來說也是安全感的象徵。她開始懷念起父親。

爲了散心她買了入場券，進到遊樂場去看看。裡面有各式各樣的小屋和攤子。有射箭的櫃台。有蛇的展示。有算命的小屋。把水晶球放在前面的女人向妙妙招手呼喚。「小姐，到這邊來。我告訴妳很重要的事噢。妳的命運即將有一個很大的轉變。」那個大個子女人說。妙妙笑著走開。

妙妙買了冰淇淋，一面坐在長椅上吃著，一面眺望來來往往的人潮。然後繼續感到自己的心，其實是在遠離人們吵嚷紛雜的地方。一個男人走來用德語向她說話。30歲左右，金髮小個子，留著口髭。看起來穿制服會很相襯的那種男人。她搖頭微笑，指指手錶。「我在等人」她用法語說。她發現自己的聲音比平常高而乾。男人沒有再多說什麼，不好意思地笑一笑，舉起手輕輕敬個禮走開了。

妙妙站起來，開始漫無目的地走著。有人射標，汽球破裂。熊發出嘶嘶的聲音跳著舞。風琴演奏著「藍色多瑙河」。一抬頭，觀光纜車正慢慢在空中旋轉。她想到「對了，去坐那觀光纜車看看。」然後從那觀光纜車裡眺望我的公寓看看——跟平常相反。正好她的肩帶皮包裡放著有小型雙眼望遠鏡。去聽音樂會從遠遠的草地席眺望舞台時隨身攜帶的，還放在包包裡。又小又輕，但性能很好。用這個應該可以很清楚地看到房間裡面。

她在觀光纜車前的售票亭買了票。「小姐，快要結束了噢。」管理的老人對她說。簡直像自言自語似的，朝著地下說。然後搖搖頭。「已經快要結束了。這是最後一次。繞一圈就完了。」他的下顎留著白色的鬍子。鬍子染上香煙熏的煙色。喀喀地咳著。臉頰像長年被北風吹過似的泛紅。

「沒關係，一圈就夠了。」妙妙說。於是買了票，走上月台。觀光纜車的乘客似乎只有她一個而已。眼光所及，任何車廂都沒有乘客的蹤影。只有很多空車廂，在空中無爲地團團轉著而已。簡直像世界本身正縮著尾巴走近終局似的。

她走進紅色的車廂，在長椅上坐下之後，剛才的老人便走過來關上門，從外面上鎖。大概爲了安全吧。觀光纜車像一隻老動物似的一面卡搭卡搭地搖擺著身體，一面開始升上天空。周圍許多擁擠紛雜的展示小屋，在眼底逐漸變小。同時村子裡的燈火也隨著在黑夜裡浮了上來。左手邊看得見湖。漂浮在湖面的遊覽船也已點亮照明燈，柔和地反映在湖面。遠處的山上零散地閃著各個小村的燈光。那美麗靜靜地使她的心縮緊起來。

看得見村子邊的山丘上，她住的附近一帶了。妙妙對著望遠鏡的焦點，尋找自己住的公寓。但不容易找到。觀光纜車逐漸接近頂點。她必須趕快。她拚命地把望遠鏡的視野往上下左右移動，努力尋找目標建築物。但這個村子類似的建築物太多了。觀光纜車終於到達頂點，開始宿命性的下降。她終於找到目標建築物。就是這棟！但上面卻有比她想像中還多的窗戶。很多人打開窗戶，讓夏天的戶外空氣進入室內。她把望遠鏡從一個窗戶往另一個窗戶移動，終於找到三樓從右邊算來第二個房間。但這時觀光纜車已經逐漸接近地面。她的視野被別的建築物擋住了。眞可惜！差一點就可以看到房間裡了。

觀光纜車接近地面的月台了。慢慢地。她正想打開門走出外面。但門卻打不開。她想起門是從外面上鎖的。她眼睛探尋著售票亭的老人。但沒看到老人。任何地方都沒看到他。現在售票亭的燈也熄了。她想大聲呼叫誰。但看不見可以呼叫的對象。觀光纜車又再開始上升。眞是的！她想。嘆了一口氣。這是怎麼回事？難道那個老人去廁所，錯過了她回來的時間嗎？只能多轉一圈再回來了。

也好，她想。只要想成因爲那個老人糊塗了所以我可以多轉一圈就行了。妙妙心裡決定這次一定要找到自己的公寓。她雙手握緊望遠鏡，把臉伸出窗外。由於已掌握大致的方向和位置，這次倒不費力就找到自己房間的窗戶了。窗戶是開著的，房間的電燈也一直點亮著（她不喜歡回到黑暗的房間，而且本來打算吃過晚餐就立刻回去的）。

從遠方用望遠鏡看自己的房間，好像很奇怪。簡直像在偷窺自己似的甚至覺得怪愧疚的。不過我不在那裡。這是當然的。桌上有電話。可能的話我眞想往那裡打電話。桌上放著寫到一半的信。來試著讀讀看那信吧，妙妙想。不過當然沒辦法看到那麼細的程度。

觀光纜車終於通過天空，開始下降。但只降了少許一點的時候，觀光纜車就發出巨大的聲音唐突地停止了。她的肩膀猛然撞到牆壁，望遠鏡差一點掉在地上。旋轉車輪的馬達聲消失了，不自然的寂靜包圍住四周。剛才還廣播著作爲背景聲的熱鬧音樂已經消失。地上的小屋電燈大多已經熄滅。她側耳傾聽著。只有輕微的風聲，除此之外聽不到任何聲音。完全無聲。既沒有招徠客人的歡迎聲音，也沒有小孩子的歡笑聲。剛開始她無法了解到底發生了什麼事。不過她立刻明白過來。自己被留在這裡了。

她從只半開的窗戶探出身體，再看下面一次。她明白自己在相當高的地方。她想試著大聲喊叫看看。想呼叫求救。但在叫之前，已經知道聲音傳不到任何人的耳朵裡。因爲她離地面太遠了，而且她的聲音也絕不算大。

那個老人到底到哪裡去了？一定是喝了酒，妙妙想。看那臉的顏色、那呼吸、那含糊的聲音——不會錯。那個男人喝醉酒，把送我上觀光纜車的事給忘得一乾二淨，就把機器停掉了。現在這時候大概已經在某個酒館裡喝著啤酒或琴酒，喝得更醉，記憶更喪失了吧。妙妙咬著嘴唇。到明天白天爲止，也許無法從這裡脫身也不一定。或者要到黃昏呢？她不知道遊樂場是幾點開門的。

雖說是盛夏，瑞士的夜晚還是很涼。妙妙只穿著薄襯衫和棉短裙這樣的輕便服裝。開始吹起風來。她再一次探出身子眺望地上。電燈數目比剛才又少了一些。遊樂場的工作人員似乎整理完一天的收尾而已經回去了。雖然如此總有留下來守衛的人吧。她深深吸一口氣，拚命地大聲喊出來。「救命啊！」然後側耳傾聽。她反覆喊了幾次。都沒有反應。

她從皮包裡拿出筆記手冊來，用原子筆在上面用法語寫著「我被關在遊樂場的觀光纜車裡，請救救我。」她把那紙條丟出窗外。紙條被風吹走了。因爲風往村子的方向吹，如果順利的話或許會掉在村子裡。但就算有人撿起那紙條來讀，他（或她）會相信嗎？她在下一頁再寫上她的名字和地址。這樣應該比較具有可信度吧。這樣或許人家就會認爲這不是開玩笑或惡作劇，而是認眞的。她把手冊的一半頁數都撕下來，一張一張地讓風吹出去。

然後忽然想到從皮包裡拿出皮夾來，把裡面的東西全拿出來，只留一張十法郎，並在裡面放進紙條。「你頭上的觀光纜車裡有一個女人被關在裡面。請救救她。」她從窗口把皮夾丟下去。皮夾筆直往地面掉落下去。但看不見掉在哪裡，也聽不見落地的聲音。她在零錢包裡也同樣放進紙條丟落地上。

妙妙看看手錶。針指著十點半。她試著確認一下皮包裡放了些什麼。簡單的化妝品、鏡子、護照、太陽眼鏡、租的車子和房子的鑰匙。削果皮用的軍用小刀。小塑膠袋裝著的三片餅乾。法語平裝書。因爲吃過晚餐了，所以到明天早晨爲止應該不愁肚子餓吧。這麼涼快的話應該也不會太口渴。幸虧也還沒感覺到尿意。

她在塑膠長椅上坐下來，頭靠在壁上。並想著事到如今想也沒有用的一些事情。為什麼要到遊樂場來，為什麼要搭觀光纜車嘛？走出餐廳後要是直接回房間去就好了。那麼現在就可以悠閒地泡個熱水澡，然後上床看書啊。就像平常那樣。為什麼不那樣呢？還有他們為什麼非要僱用那樣胡塗的酒精中毒的老人家不可呢？

風吹得纜車吱吱響。為了擋風原來想關上窗子的，但以她的力氣窗戶卻絲毫沒辦法拉動一點。妙妙只好放棄而坐在地上。她後悔沒有穿毛線外套出來。出門時還猶豫要不要在襯衫上加一件毛線外套的。但夏天的晚上看來非常舒服，而且餐廳離她住的公寓也只不過三條橫街。當時實在沒想到會到遊樂場散步，還搭上觀光纜車。很多事情都不順利。

為了緩解緊張，她把手錶、細細的銀手鐲、貝殼形的耳環脫下來放進皮包。並在地板角落裡蹲著縮成一團，心想如果睡得著的話，真想一覺睡到明天早晨。但當然沒那麼簡單就睡著。因為既冷，又不安。偶爾颳起強風，纜車便搖搖晃晃起來。她閉上眼睛，一面在想像的鍵盤上輕輕運動手指，一面試著演奏莫札特的A短調奏鳴曲。並沒有特別的理由，她小時候所彈的這首曲子現在竟能完全背得出來。不過在和緩的第二樂章中間頭腦卻開始模糊起來。於是她睡著了。

不知道睡了多久。應該不是很長的時間。她忽然醒來，一瞬間不知道自己身在何處。然後記憶才慢慢恢復。對了，我被關在遊樂場的觀光纜車裡。從皮包拿出手錶一看，剛過12點。妙妙從地上慢慢站起來。由於以不自然的姿勢睡著的關係，身體各個關節都感到疼痛。她打了幾次呵欠，伸伸懶腰，搓搓手背。

因爲不像會再立刻想睡，爲了避免想太多，便從皮包拿出讀了一半的平裝書出來，繼續讀。這是在村子的書店裡買的新出版偵探小說。觀光纜車的電燈整夜開著倒很幸運。但花時間讀了幾頁之後，她發現書的內容完全進不去腦子裡。雖然兩隻眼睛確實在追蹤著一行行的字，然而意識卻不知道在什麼地方徘徊。

妙妙放棄地合起書。並抬起頭，眺望夜空。好像薄薄地覆蓋著一層雲似的看不見星星，新月也是朦朧的。由於電燈的情況，觀光纜車鑲著的窗玻璃上很奇妙地清楚映出她的臉。妙妙長久凝視著自己的臉。「這終究會結束。」她對自己說。「打起精神吧。事後想起來一定覺得很好笑。居然在瑞士的遊樂場被關在觀光纜車裡一個晚上。」

不過那並沒有成爲笑話。眞正的事情從這裡才開始。

過一會兒，她拿起望遠鏡來，試著再一次眺望自己的公寓房間。從剛才到現在完全沒有改變。這是當然的，她想。於是一個人笑了起來。

她的視線移到公寓的其他窗子。半夜過後，很多人都睡著了。大半的窗戶都變暗了。不過還有幾個人還沒睡，房間的燈還亮著。低樓層的人小心地拉上窗簾。但是住高樓層的人卻不在意別人的眼光而把窗簾敞開著，讓夜晚的涼風吹進去。在那深處各種生活，靜靜地、或明顯地展開（誰會想到半夜裡居然有人拿著望遠鏡躲在觀光纜車裡看自己呢？）不過妙妙不太有興趣去窺探這種別人的隱私光景。不如眺望自己的空房間還有趣多了。

＊

轉了一圈視線又回到自己房間的窗戶時，妙妙不禁倒吸了一口氣。臥室的窗子裡看得見一個赤裸男人的身影。不用說，她剛開始還以爲自己搞錯房間了。她把望遠鏡上下左右移動看看。但那是自己房間的窗戶沒錯。家具、花瓶裡的花、掛在牆上的畫都一樣。而且男人是費迪南。沒錯。就是那個費迪南。他一絲不掛地坐在她的床上。他的胸前和腹部覆蓋著黑色的毛，長長的陰莖像喪失意識的生物般鬆垮垮地下垂著。

那個男人到底在我房間裡幹什麼？她額頭冒出薄薄的一層汗。他怎麼進得去我房間的？妙妙眞不明白。她很生氣，而且很混亂。然後她看見一個女人出現。女人穿著白色短袖襯衫和藍色棉短裙。女人？妙妙握緊望遠鏡，凝神注視。那就是妙妙自己。

妙妙已經沒辦法思考什麼了。我在這裡，用望遠鏡眺望著自己的房間。而那房間裡居然有我自己。妙妙重新對了好幾次望遠鏡的焦點。但那怎麼看都是她自己。穿著和自己現在穿的一樣的衣服。費迪南抱住她，往床上帶。並一面親吻，一面溫柔地脫掉在那房間裡的妙妙的衣服。脫掉她的襯衫，解開她的胸罩，脫掉她的裙子，一面吻著她的脖子一面用手掌包著愛撫她的乳房，繼續愛撫一會兒之後，用一隻手脫掉她的內褲。那內衣也和她現在穿的完全一樣。妙妙無法呼吸。到底發生了什麼事？

一留神時費迪南的陰莖不知道什麼時候已經勃起，變成棒子一樣硬了。非常大的陰莖。她從來沒看過的那麼大。他牽起妙妙的手，讓她握著那個。他撫摸著、舔著妙妙身體的每一個細部。他花很長時間慢慢做。女人沒有抗拒。她（房間裡的她）任他愛撫，看來好像在享受那肉慾的時間似的。她不時伸出手，愛撫費迪南的陰莖和睪丸。並將自己身體的一切部分毫不吝惜地展開在他眼前。

妙妙眼光無法從那異樣的情景轉開。覺得非常不舒服。喉嚨乾乾的渴，也無法吞口水。而且噁心想吐。一切的一切都像中世紀的某種寓意畫般怪異地誇張，感覺充滿惡意。妙妙想。他們故意讓我看到這個。他們知道我正在看。但妙妙眼光卻移不開。

空白。

然後發生了什麼嗎？

從這裡開始妙妙就不記得了。記憶在這裡斷了。

想不起來喲。妙妙說。她雙手掩著臉，安靜說。我只知道，那是令人非常厭惡的事。我在這邊，另一個我在那邊，他，費迪南，對那邊的我做了所有各種的事。

是什麼樣的事？妳所謂所有各種的事？

我記不得了。但那就是所有各種的事。他把我一直關在纜車裡，卻對那邊的我隨心所欲地擺佈。我對性愛並不害怕。也曾有一段時期自由地享受過性愛。但我在那裡所目睹的卻不是那樣的東西。那是以污辱我為目的所進行的無意義的淫慾行為。費迪南用盡他的技巧，用粗手指和大陰莖污辱我這個存在（但在那邊的我似乎沒發現自己正被污辱著的樣子）。而且到最後那個人甚至變成不是費迪南了。

甚至變成不是費迪南了？我注視著妙妙的臉。如果不是費迪南，那麼到底又是誰呢？

我不知道。我記不得了。總之最後變成不是費迪南了。或許從一開頭就不是費迪南也不一定。

醒過來時妙妙正躺在醫院的床上。赤裸的身體穿著醫院白色的長袍。身體的各個關節感到疼痛。醫師向她說明。一大清早遊樂場的工作人員發現了她掉落的皮夾，清楚了解狀況。把觀光纜車放下來，叫了救護車。妙妙在纜車裡失去了知覺，彎著身體昏倒在地。似乎受到極大的打擊。瞳孔沒有正常反應。手腕和臉上有不少的擦傷，襯衫被血弄髒了。她被送到醫院來接受治療。誰也不知道她是怎麼負傷的。不過都不是會留下疤痕的嚴重的傷。警察把操作觀光纜車的那個老人帶走。老人完全不記得在臨關門前讓妙妙搭上觀光纜車的事。

第二天本地警察局的警察來醫院問話。她無法適當回答。他們對照著看護照上的照片和妙妙的臉，皺起了眉頭。臉上露出像喝錯不適當的東西時的奇怪表情。並有點顧慮地詢問。小姐，對不起問一個好像有點失禮的問題，請問妳的年齡眞的是二十五歲嗎？是啊，她說。就像護照上寫的那樣。爲什麼他們要特地問這樣的問題呢？她無法理解。

不過不久後她想在洗手間洗臉，一看鏡子裡自己的臉時，才知道爲什麼。她的頭髮竟然一根不剩地全變白了。簡直像剛下過積厚起來的雪一般雪白。她一開始以爲是某個別人的臉映在那裡。她回頭看。並沒有任何人。洗手間裡只有妙妙一個人。她再看一次鏡子。她終於明白映在那裡的白髮女人是她自己。妙妙就那樣昏倒在地。

*

然後妙妙喪失了。

「我留在這邊。但另一個我，或一半的我，卻移到那邊去了。帶著我的黑髮、我的性慾、生理、排卵，還有或許連我生的意志之類的東西一起去了。而留下來的一半，就是在這裡的我。我一直繼續這樣覺得。在瑞士一個小村子的觀光纜車裡，由於某種原因，我這個人決定性地被撕裂成兩半。那或許是類似某種交易也不一定噢。不過，並不是被奪走了什麼。那應該還好好的在那邊。我知道。我們只是被一片鏡子分隔開了而已。但那一片玻璃的間隔，我卻無論如何也無法超越過去。永遠不能。」

妙妙輕輕咬著指甲。

「當然誰也不能說永遠。對嗎？我們或許有一天會在什麼地方再見面，又能融合成一體也不一定。不過卻留下一個很大的問題。那就是，鏡子哪一邊的形象，才是我這個人的眞正樣子呢？我已經變成無法判斷了。例如，眞正的我，是接受費迪南的我，還是厭惡費迪南的我。我已經沒有再一次接受這種渾沌的自信了。」

妙妙在暑假結束後也沒有回到大學。她停止留學，就那樣回到日本來。而且從此以後手不再碰鍵盤。她已經失去奏出音樂的力量了。第二年她父親去世。她開始接下公司的經營。

「無法再彈鋼琴對我雖然是個衝擊，但我並沒有感覺太惋惜。我輕微地感覺得到遲早會那樣的。遲早嘛——」妙妙說著微笑了「世界充滿了鋼琴家。世界上只要有二十個現役的頂尖鋼琴家，大概就夠了。你到唱片行去，找找看貝多芬的『華德斯坦（Waldstein）』或舒曼的『克萊斯勒魂（Kreisleriana）』或什麼都可以，你應該也知道。古典音樂的曲目大致是有限的，CD架的空間也有限噢。對世界音樂產業來說，現役一流鋼琴家只要有二十個人就夠了。我就算消失了，誰也不會難過的。」

妙妙把十根手指攤開在眼前，翻轉了幾次。好像在重新確認一次記憶似的。

「到法國來剛過一年左右時，我發現了一件很奇怪的事。也就是說，技術上明顯比我差，也沒有我努力的人，卻比我更能深深打動聽眾的心。參加音樂比賽時，我也在最後階段被這些人所打敗。剛開始，我以為大概什麼地方搞錯了吧。但同樣的事一再的發生。因此我很焦躁，也很生氣。覺得這很不公平。不過不久以後我也逐漸發現。我好像缺少了什麼。雖然不太清楚是什麼，但卻是某種重要的東西。應該說是製造出動人音樂所必要的做人深度吧。在日本的時候沒發現這種事。在那裡我沒輸給任何人，也沒功夫懷疑自己的演奏。但在巴黎被許多有才華的人圍繞著，我終於也能了解這樣的事了。就像太陽升高後，地上的霧逐漸散盡一般，非常清楚。」

妙妙嘆一口氣。然後抬起頭來微笑著。

「我從小時候開始，就跟周圍無關地建立起自己心目中的個人規律，而且喜歡去遵守它。自立心很強，個性認眞。我生在日本，上日本學校，和日本朋友一起玩耍長大。所以心情上完全是日本人，雖然如此國籍依然是外國人。對我來說，日本這個國家，在技術意義上終歸是外國。我父母雖然不囉唆，但只有這點從小就灌輸給我。妳在這裡是外國人噢。而且，我開始認為要在這個世界活下去，自己不能不努力獨立自強。」

妙妙以安穩的聲音繼續。

「變強本身並不是壞事噢。當然。不過現在想起來。我太習慣於自己很強，卻沒有去試著了解那些比較弱的人。太習慣於幸運了，沒有試著去了解碰巧不幸的人。太習慣於健康了，沒有試著去了解碰巧不健康的人的痛苦。我每次看到有人因爲各種事情不順利而煩惱，或停止不前時，總是只會想到他自己努力不夠。對嘴巴常抱怨的人，總以爲基本上是懶惰的。當時我的人生觀雖然確實而實際，但卻缺乏溫暖的心的寬厚度。而且周圍沒有一個人提醒我這一點。

「17歲時失去處女，然後跟絕不算少的人睡過。有很多男朋友，也曾經在那種氣氛下，就和不太熟的人睡了。不過從來沒有愛過一個人——從來沒有一次眞心愛過誰。老實說，沒有那餘裕。腦子裡充滿了總之要成爲一個一流音樂家的念頭，沒有想到過要繞路或拐彎。等到發現自己缺少了什麼，注意到那空白時，已經太晚了。」

她再度把雙手攤開在眼前，思考了一下。

「在這層意義上，十四年前在瑞士發生在我身上的事，某種意義上或許是我自己製造出來的也不一定噢。我有時會這樣想。」

29歲時妙妙結婚了。她對所謂性慾這東西完全無法感覺。自從瑞士的事件之後，也無法和誰擁有肉體關係。她體內有什麼永遠消失了。她把那事實——只有那事實——向他說明。所以我無法跟任何人結婚，她說。但他愛妙妙，就算沒有肉體關係，也希望能跟她分享人生。她找不到理由拒絕那提案。妙妙從小就認識他，總是懷有安穩的好感。不管採取什麼樣的形式，以共同生活的對象來說，除了他之外想不到還有什麼人。而且以現實上來說，公司要經營下去，結婚這形式擁有極重要的意義。

妙妙說。

「我跟我先生雖然只有週末見面，但基本上相處得很好。我們感情像朋友一樣好，能夠以生活的伴侶共度無拘無束的輕鬆時刻。談各種事情，人格上也互相信賴。雖然我不知道他在什麼地方如何處理性的事情，不過那對我都不成問題。總之我們之間沒有性關係。身體也不互相接觸。雖然覺得過意不去，但我不想碰他的肉體。只是不想碰。」

妙妙談累了，用雙手靜靜掩著臉。窗外已經完全亮了。

「我過去曾經活過，現在也還這樣活著，現實上和你面對面談著。但在這裡的我，並不是眞的我。你眼睛所看到的，只不過是過去的我的影子而已。你是眞的活著。但我不是。像這樣談著話，我耳朵裡聽起來自己的聲音也只不過像空虛的回音一般。」

我默默把手伸過去挽著妙妙的肩膀。我找不到可以開口的話。所以只是一直安靜地挽著她的肩膀。

我愛妙妙。不用說愛的是在這邊的妙妙。不過幾乎同樣地，也愛應該在那邊的妙妙。我強烈地這樣覺得。想到這個，我感覺我體內好像有自己正在分裂下去似的傾軋聲。妙妙的分裂，投影爲我的分裂，降臨到我身上似的。非常切實地，無從選擇。

然後，有一個疑問。如果現在妙妙所在的這邊，不是本來實像的世界的話（也就是說這邊其實是那邊的話），那麼在這裡像這樣同時而密接地包含在內、存在著的這個我，到底又是什麼呢？

13

我把這兩篇文章各讀了兩遍。第一次快速讀過，第二次慢慢地、一面注意著微細部分，一面像要刻進腦子裡般讀。兩篇都是小董寫的文章沒錯。到處看得到只有她才會用的特徵性用字遣詞和表現法。其中所散發的調子，和平常小董的文章有幾分不同。有她過去所沒有的某種意志，有退後一步的視線。不過是她所寫的文章則毫無懷疑的餘地。

稍微猶豫之後，我把那磁碟片收進自己旅行袋的內袋裡。如果小董安全沒事地回來的話，只要放回原來的地方就行了。問題在如果她沒回來的時候。那麼會有人幫她整理行李，可能會發現磁碟。不管怎麼樣，收在這磁碟裡的文章，我不想讓別人看到。

讀過小董的文章之後，在家裡安靜不動變得令人難以忍受。我換上新的襯衫，走出度假別墅，走下階梯下到街上去。在港口前一家銀行把旅行支票兌換100美元，然後在書報攤買了對開版的英文報紙，在咖啡館的太陽傘下讀著。叫了顯得很睏的服務生來，點了檸檬汁和起司土司。他用短鉛筆花時間把點的東西記在點菜單上。服務生白襯衫的背後，因流汗而滲出一大片痕跡。好像要訴說什麼似的形狀確實的痕跡。

我半機械性地讀過一遍報紙之後，便漫無目的地眺望午後的港口風景。一隻瘦瘦的黑狗不知從哪裡走來，呵呵地嗅著我腳的氣味，然後好像失去一切興趣般不知道又走到什麼地方去了。人們在各自的場所倦怠地排遣著夏日的午後。稍微可以稱得上正常動著的，大概只有咖啡館的服務生和狗吧，而且那會繼續到什麼時候也很可疑。剛才在書報攤賣報紙給我的老人，正在太陽傘下坐在椅子上大大張開腳沉睡著。廣場正中央被刺穿的英雄雕像還像平常一樣，沒有一句怨言地以背承受著強烈的午後陽光。

我一面以冰檸檬汁冰涼著手掌和額頭，一面試著回想小董所寫的文章和小董失蹤之間或許有什麼關聯性。

小董有很長一段時間，遠離寫東西這件事了。自從在結婚典禮的喜宴上遇到妙妙之後，她已經失去想寫的意願本身了。即使這樣，她居然在來到希臘的這個島上時，幾乎同時，寫出這兩篇文章。不管寫的速度多快，要寫出有這樣份量的文章，應該需要相當多的時間和集中力才對。一定有什麼強烈刺激小菫，使她站起來，走向書桌。

那到底是什麼呢？更集中重點來說的話，如果這兩篇文章之間有互相重疊的動機的話，那到底是什麼？我抬起臉，一面眺望著並排停在岸上的海鷗一面思考。

然而要思考錯綜複雜的事情，世界未免太熱了。而且我自己也太混亂、太疲倦了。雖然如此我仍彷彿重新編組敗殘部隊一般，將殘留在自己身上的集中力——既沒有大鼓也沒有喇叭地——搜括到一起來。重新站好意識的體態，思考。

「重要的是，與其別人的腦袋所想出來的大事，不如自己的腦袋所想出來的小事。」我試著小聲說出來看看。那是我經常在教室裡說給學生聽的。不過眞的是這樣嗎？用說的容易。但實際上不管多小的事，以自己的頭腦思考是難得可怕的。不，反而越是小的事情要用自己的頭腦思考也許越困難。尤其在離自己習慣的本地球場（home ground）很遠時。

小菫的夢。妙妙的分裂。

這是兩個相異的世界，一會兒之後我忽然想到。這是小菫所寫的兩篇「文書」所共通的要素。

（文書1）

這裡主要講的是小董那天夜裡所作的夢。她走上長長的樓梯去見死去的母親。但當她跋涉到達時，母親已經朝向那邊的世界正要離去。小董沒辦法阻止。並在無處可去的塔頂，被異界的那些東西所包圍。和這同類型的夢，小董以前作過很多次。

（文書2）

這裡所寫的是妙妙14年前所體驗過的不可思議的事件。妙妙在瑞士一個小村子的遊樂場，被關在纜車裡一個晚上，用雙眼望遠鏡看到在自己房間裡的另一個自己的身影。也就是自己的二重身（**Doppelgänger**）。而且那體驗破壞了妙妙這個人「或將那破壞性顯在化」。根據妙妙自己的表現，她被隔在一片鏡子的兩邊。小董說服妙妙說給她聽，她再整理成文章。

這兩件文書共通的動機，顯然在於「這一邊」和「那一邊」的關係。那對話的樣子。應該就是引起小董關心的動機。所以她才會面對書桌，花很長時間寫出這些文章。如果借用小董的表現的話，也就是她透過寫這些文章，想要思考什麼。

服務生來收土司盤子，因此我點了續杯的檸檬汁。請他放很多冰塊。送來的檸檬汁我只喝了一口，就再一次拿起來冰額頭。

「如果妙妙不接受我的話怎麼辦？」小董在第一篇文書的最後這樣寫著。「如果這樣的話我只好接受事實吧。不得不流血。我必須磨刀，準備割狗的喉嚨。」

小董到底要說什麼呢？她在暗示要自殺嗎？我可不這樣想。我無法從那聞出死的氣味。裡頭的音調倒不如說，有一種想要更往前進，重新振奮起來的意志般的東西。狗和血都只不過是比喻而已──就像我自己在井之頭公園的長椅上向她說明的那樣。那意思是以咒術性形式達到生命的賦予。我爲了比喻故事獲得魔術性的過程，而講了那中國城門的故事。

必須在某個地方割狗的喉嚨才行。

某個地方？

我的思考碰到堅固的牆壁，無法再往前進。

小董到底去哪裡了？這個島的什麼地方，有她該去的地方嗎？

小董在某個人煙稀少的地方掉進像井一般深的地方，在那裡孤伶伶地等待救援的印象，無論如何都無法從我腦子裡揮去。她很可能受傷了、孤獨而飢渴。一想到這裡，我的心情就變得非常不安。

可是警察都明白地說，這島上一口井都沒有。也沒聽過村子附近有那種洞。這是個非常小的島，一個洞、一口井，生長在本地的我們沒有任何不知道的東西。他們說。確實應該是這樣吧。

我乾脆提出一個假設看看。

小堇去到那邊了。

這樣很多事都說得通了。穿過鏡子，小堇到那邊去了。一定是去見那邊的妙妙了。既然這邊的妙妙無法接受她，這倒不如說是當然的結果吧？

她這樣寫著——我試著追溯記憶。「那麼爲了避免衝突，我們該怎麼辦才好呢？從理論上來說，那很簡單。作夢啊。繼續作夢。進入夢的世界不要出來。在那裡永遠活下去。」

但有一個疑問。一個很大的疑問。要怎麼樣才能進得去那裡呢？

理論上很簡單。但當然無法具體說明。

於是我又回到出發點。

我想想在東京的事。我住的公寓房間，我工作的學校，我悄悄丟在車站垃圾箱的廚房生鮮垃圾。離開日本才兩天不到，那些感覺上卻已經像另外一個世界的事一樣了。再過一星期多學校新學期就要開學了。我試著想像自己站在35個左右的孩子前面的情形。離得遠遠的看起來，自己在職業上教別人東西這件事，感覺好像非常奇怪而且不合道理似的。就算對方只是十歲的孩子也一樣。

我摘下太陽眼鏡，用手帕擦額上的汗，再重新戴上太陽眼鏡。並眺望海鷗。

我想著小菫的事。想著搬家時我在她身邊所經驗到的，強烈勃起的事。過去從來沒有經驗過的那麼強烈而堅硬的勃起。簡直像我自己快要脹裂了似的。而且我那時候，在想像中——或許在小菫所說的「夢的世界」裡——和她相交。不過那感觸，在我的記憶裡，比我和別的女人實際性交更眞實。

我把積在口中的東西，用剩餘的檸檬汁喝下。

我試著再一次回到〈假設〉。並試著從這假設再往前推出一步。小菫不知道在什麼地方順利找到了出口，我單純地試著這樣假設。那是什麼樣的出口，小菫是如何找到的，這個無從知道。這問題暫且留到後面再說。不過我們先把那當作一道門來想吧。我閉上眼睛，腦子裡具體地情景性地浮現那門的樣子。附在到處可見的牆壁上，非常普通的門。小菫在某個地方找到了那道門，伸出手去轉動門把，就那樣很乾脆地出到外面去了——從這邊，到了那邊。就穿著薄薄的絲睡衣和海灘涼鞋。

那道門的那邊是什麼樣的光景，我無法想像。可是門被關上了，小堇回不來了。

我回到度假別墅，用冰箱裡有的東西做了簡單的晚餐。做了番茄和香菜的義大利麵、沙拉、Amstel啤酒。然後坐在陽台漫無目的地落入沉思。或完全不想任何事情。沒有任何人打電話來。正在雅典的妙妙應該正在努力和這裡取得聯繫。但這個島的電話卻讓人無法指望。

天空的藍色和昨天一樣正一刻刻加深中，大大的圓形月亮昇上海面，幾顆星星在天空穿了孔。吹上斜坡的風輕輕搖動著九重葛的花。立在凸堤尖端的無人燈塔閃爍著古老的光。人們牽著驢子慢慢走下山坡。高亢的談話聲漸漸接近，又遠離而去。我倒是以順其自然的心境，靜靜地接受著這樣的異國情景。

結果電話既沒有打來，小堇也沒有出現。時間靜靜地緩緩地轉移，只有夜變得更深而已。我把小堇房間裡的幾捲錄音帶拿出來，在客廳的音響設備放看看。其中有一捲是莫札特的歌曲集。伊麗莎白・舒瓦茲珂芙（Elisabeth Schwarzkopf）和華爾特・紀雪金（Walter Gieseking）（P），小堇的字寫著這樣的標籤。我對古典音樂不太清楚，不過立刻就能理解那是美麗的音樂。歌唱的風格雖然有幾分古雅，但就像在讀著有風格的流利文章時一樣，有一種背脊會自然挺直起來似的舒服感覺。鋼琴師和歌手間，互相你來我往，一呼一應的纖細運氣，就像兩個人實際就在眼前一樣鮮明地再現。收錄在裡面的曲子之一很可能就有『菫』（紫羅蘭）。我身體深深沉進椅子裡，閉上眼睛，和小菫共有那音樂。

音樂的聲音使我醒來。不是多大的聲音。像聽得見又像聽不見，那樣遙遠的音樂聲響。但那聲響就像沒有臉的水夫，黑夜裡將沉入海底的錨慢慢拉起來似的，徐徐地，但確實地使我醒過來。我在床上坐起身，把臉靠近敞開的窗口側耳傾聽。沒錯是音樂。枕邊的手錶針指著一點過後。到底有誰會在這樣的時刻大聲放音樂呢。

我穿上長褲，從頭上套一件襯衫，穿上鞋子走出門外看看。附近人家的燈光一盞也不留地全關熄了。沒有人的氣息。沒有風，也聽不見海浪聲，只有月光默默地洗著地表而已。我站在那裡，更注意地側耳傾聽。音樂似乎是從山頂傳來的。不過那就奇怪了。險峻的山上一個村落都沒有，住在那裡的只有修道院禁慾的僧侶和一小撮牧羊人而已。他們在這樣的時間大家會聚在一起辦熱鬧的慶典，簡直難以想像。

站在戶外的空氣中時，音樂的聲響比在家裡時聽起來更清晰。雖然無法聽出旋律，但從節奏的調子可以知道那是希臘的音樂。那聲音裡，有樂器現場演奏所特有的銳角性不整齊聲響。不是從擴音機播放出來的現成音樂。

那時候，我腦子裡還清楚記得。夏天的夜晚很舒服，而且有一種神秘的深度。如果心裡不是記掛著小菫失蹤的事，我甚至會覺得其中含有慶祝性呢。我把雙手叉腰身體挺得筆直，仰望天空，做深呼吸。深夜的涼氣清洗著身體內部。說不定小菫現在也正在某個地方聽著這同一個音樂呢？我忽然這樣想。

我決定朝著聽得見音樂的方向走一陣子看看。那音樂是從哪裡傳來的？是誰在演奏呢？可能的話我想看個究竟。往山上的路，就是那天早上走到海灘的同一條路，不至於迷路。姑且走到能到的地方去看看吧。

月光把四周照得清晰鮮明，因此走起來一點也不難。月光在岩石和岩石之間形成模樣複雜的影子，將地面染成不可解的色調。我的慢跑鞋塑膠底，每踏上小石頭就會不自然地發出誇張的聲音。隨著登上斜坡，音樂的聲音也逐漸變大，變得可以明確聽出來了。演奏果然是在山上進行的。樂器的組成，有不太清楚的打擊樂器和希臘樂器buzuki，還有大概是手風琴，和橫笛之類的。或許也有吉他。除了這些樂器的聲音之外，什麼也沒聽見。既沒有歌聲，也沒有人們的歡笑聲。只有連續不斷的，幾乎可以說以無表情的淡淡步調，繼續演奏著。

心情上一方面有想要看看山上可能在進行的事，同時一方面也覺得最好不要去接近那種地方比較好。我心裡有壓制不住的好奇心，同時也有類似直覺似的畏怯。不過不管怎麼樣都不得不往前進。就像夢中的行動一樣。那裡並沒有給我們可以選擇的原理。或給我們成立原理所需的選擇。

說不定幾天前小堇就是在同樣的音樂中半夜醒來，在好奇心驅使下，以只穿著睡衣的模樣走上這斜坡的吧——我腦子裡浮現這樣的想像。

我停下腳步轉身回頭看。下坡路簡直像一條巨大的蟲子爬過的痕跡般一面滑溜溜地發白一面延伸到村子。我抬頭看天空，然後在月光下，不經意地看看自己的手掌。冷不妨發現，那已經變成不是我的手了。我無法適當說明。不過總之我一眼就看出那個了。我的手已經不是我的手。我的腳已經不是我的腳。

承受著青白色月光的我的身體，簡直像用壁土所塑造出來的土偶一樣，缺少了生命的溫暖。就像西印度群島的魔術師所做的那樣，有人運用符咒，在那土塊裡吹進我假借的短暫生命。眞實的生命之火並不在那裡。我眞正的生命正在某個地方睡著了，某個沒有臉的人把它塞進皮包裡，現在正準備把它帶走。

我幾乎不能順利呼吸，被激烈的惡寒所襲。在一個莫名其妙的地方，有人把我的細胞重新排列組合過，有人把我意識的絲線鬆解開了。我沒有思考的時間。我所能做的，只有趕快逃進每次那個避難的地方。我猛吸一口氣，然後就那樣沉進意識的海底。雙手把沉重的水往上撥，一口氣往下降，兩臂緊緊抱住身旁的大石頭。水彷彿要威嚇侵入者般重重地壓著鼓膜。我緊緊地閉著眼睛，閉著氣，忍耐著。一旦下定決心之後這並不困難。水壓，沒有空氣，寒冷的黑暗，渾沌所反覆放出的信號，這些立刻就適應了。這是我從小開始就反覆無數次練熟了的行爲。

時間忽前忽後，相互糾纏，崩潰，重新排列組合。世界無限擴大，同時又被限定住。幾個鮮明的印象——只有印象——無聲地通過他們自己的黑暗迴廊而去。像水母一樣，像浮游的靈魂一樣。但我刻意不去看那些。如果我稍微顯露認出那些形影的舉動時，他們一定會立刻開始帶有某種意思。那意思就那麼附著在時間性上，時間性一定會不顧一切地把我推上水面去。我堅強地閉起心，讓他們的行列通過。

這樣經過了多少時間，我也不清楚。不過當我浮上水面，張開眼睛靜靜地呼吸時，音樂已經停止了。那些人謎一般的演奏似乎已經結束。我側耳傾聽。什麼也聽不見。完全聽不見什麼。音樂、人聲、風的吹拂，都聽不見。

我想確認時刻，手腕上卻沒有手錶。放在枕邊忘了帶出來。

抬頭望望天空，星星的數目似乎比剛才增加了。不過那或許是我的錯覺。我甚至覺得天空本身好像已經變成和剛才不一樣的東西了似的。我身體裡面那種奇怪的乖離感已經大致消失。我試著伸展身體，彎一彎手臂，曲一曲手指。沒有不對勁。只是襯衫的腋下汗濕了，有點冷而已。

我從草地上站起來。開始繼續登上斜坡。既然已經來到這裡了，總之就走到頂上去看看吧。音樂眞的在那裡演奏過嗎？或沒有？光是那跡象我也想去看個究竟。大約5分鐘就來到山頂。我走來的南側斜坡下，可以俯瞰海、港口、靜靜沉睡的街上。少數路燈稀疏地照出沿海的道路。另一方面，山的對面則被包圍在一望無際的黑暗中。連一盞小燈都沒有。凝神注目時非常遠的前方，可以看見別的山稜線在月光下浮現出來。再前面則是凝聚更深的黑暗。但卻到處看不出剛才爲止還進行著熱鬧慶典的任何跡象。

我眞的曾經聽到音樂嗎？到現在我反而不太有自信了。雖然耳朵深處還輕輕留下痕跡。但隨著時間的經過，確信卻逐漸變得含糊而不可靠了。或許本來就沒有音樂存在。那可能因爲某種錯覺，使耳朵把完全不同時間和地點的東西拿來搞錯了也不一定。畢竟在深夜的一點，有誰會聚集到山上去演奏音樂呢？

在山頂上仰望天空時，月亮驚人的近，而且顯得很粗糙。那是被嚴酷的歲月所侵蝕過的肌理粗糙的岩石球體。浮在那表面各種形狀的不祥陰影，是生命營為的溫暖已然剝離而正伸出觸手的盲目癌細胞。月光使所有在那裡的聲音歪斜扭曲，洗去含意，迷失心的去向。那使妙妙目擊自己的另一種姿態。那把小董的貓帶到不知道什麼地方去。那使小董消失了蹤影。那（想必是）演奏應該不存在的音樂，把我帶到這裡來。我眼前是深不可測的黑暗無盡地延伸出去，背後有淡淡的光之世界。我站在異國的山上，暴露在月光下。我不得不懷疑這一切難道都是從頭開始就被周到地設計好的嗎？

我回到度假別墅，拿妙妙的白蘭地來喝。並打算就那樣去睡了。但卻睡不著。一點都睡不著。直到東方泛白為止，我被月光、引力和沙沙的聲響緊緊包圍。

我想像著在緊閉著的公寓一個房間裡，肚子餓得半死的那些貓的樣子。那些柔軟的小小的肉食獸類。在那裡我——眞正的我——已經死掉了，而牠們還活著。牠們吃著我的肉，啃著我的心臟，吸著我的血，我腦海裡浮現這樣的情景。側耳傾聽時，遠方某個地方，可以聽到那些貓在吸著腦漿的聲音。三隻體型修長的貓，圍著斷了的頭，正吸著積在裡面濃稠稠的灰色的湯。牠們紅色的粗暴舌尖，正美味地舔著我意識的柔軟皺褶。每舔一下，我的意識便像烈日蒸起的游絲一般搖曳著，逐漸淡化而去。

14

小董依然還是行蹤不明。借用妙妙的話，她就像煙一般的消失了。

妙妙搭第三天中午前的渡輪回到島上來。日本領事館員和希臘觀光警察的值班警官也隨著一起來。他們跟本地警察就各種事項進行討論，展開包括島民在內的大規模搜索，從護照上拍下小董的照片大幅刊登在希臘全國性的報紙上，收集各種情報。結果警察和報社都獲得不少聯絡，但很遺憾都無法成爲直接線索。幾乎都是些有關別人的情報。

小董的雙親也來到島上。不過在他們到達前不久，我已經離開那個島了。一方面因爲馬上要開學，更重要的是我不想在那種地方跟小董的父母碰面。加上日本媒體也從當地的報紙知道了這事件，而開始跟日本領事館和當地的警察接觸。我跟妙妙說我差不多必須回東京了。而且我再多留在島上，對尋找小董好像也沒什麼幫助的樣子。

妙妙點點頭。到現在爲止你光是能夠留在島上就已經幫了很大的忙，她說。眞的噢。如果你沒來的話，我一個人孤伶伶的也許老早就崩潰了。不過已經不要緊了。小菫的父母親就由我來想辦法跟他們好好說明。媒體我也會適當應對。所以接下來的事你就不用擔心了。因爲這件事你本來就沒有任何責任。只要願意，我也可以變得很堅強，處理實務性的事我倒很習慣。

她送我到港口。我搭下午的渡輪出發到羅德島。小菫失蹤後正好經過十天。妙妙最後擁抱我。非常自然的擁抱。什麼也沒說，她把手伸到我背後久久抱著我。她的肌膚在午後炎熱的太陽下，感覺不可思議的涼。透過她的手掌，妙妙好像要傳達什麼給我似的。我可以感覺得到。我閉上眼睛，傾聽那聲音。不過那卻是不採取語言形式的某種東西。可能是不應該採取所謂語言這形式的某種什麼。我和妙妙在沉默中交換了幾件東西。

「你保重。」妙妙說。

「妳更要保重。」我說。然後我和妙妙在渡輪搭乘場前沉默了一會兒。

「嘿，我希望你老實回答我，」在臨上船時，妙妙以認眞的聲音問我。「你不認爲小菫還活著吧？」

我搖搖頭。「雖然沒有具體根據，不過我覺得小菫現在好像還活在什麼地方。因爲時間經過這麼久，我卻無論如何也湧不出所謂她已經死掉的眞實感。」

妙妙交叉著雙臂，看著我的臉。

「老實說我也一樣。」她說。「我也跟你感覺一樣。我想小堇應該沒有死。不過同時，也有一種或許再也見不到她的預感。雖然這也沒有根據。」

我沉默著。糾結在一起的沉默塡滿了各種東西的縫隙。海鷗一面發出尖銳的啼聲一面掠過沒有一片雲的天空，咖啡館裡每次看到的那個服務生面帶睏容地端送著飲料。

妙妙嘴唇抿成一直線思考了一下。然後說「你恨我嗎？」

「因爲小堇失蹤？」

「對。」

「爲什麼變成我要恨妳呢？」

「我也不知道。」長久之間勉強隱藏起來的疲倦之類的，稍微從聲音裡滲透出來。「不只是小堇，我覺得也好像再也見不到你了似的。所以問看看。」

「我不恨妳。」我說。

「不過將來就不知道了吧？」

「我不會隨便恨人的。」

妙妙拿起帽子，整整前髮，然後又再帶上帽子。以好像很刺眼似的瞇起眼睛看我。

「那一定是你並沒有對誰期待什麼的關係吧。」她說。眼睛深沉而澄清。就像第一次見到她時那個黃昏的黑暗一樣。「我卻不是這樣。不過我喜歡你，非常喜歡。」

於是我們分別了。船的螺旋槳一面冒起水泡一面往後退出港外，然後慢慢扭轉身似地轉了一八〇度的方向，在那之間妙妙站在凸堤的尖端目送著我。她穿著十分貼身的白色洋裝，爲了帽子不被風吹走而不時一面用一隻手壓著，她站在希臘島上小港口的身影，虛幻而端正得讓人感覺好像不是現實的東西。我身體靠在甲板的扶手上，一直眺望著她。時間在那裡一度靜止，那光景鮮明地烙印在我記憶的壁上。

但時間再度動起來之後，妙妙的身影便逐漸縮小，變成一個模糊的小點，終於被吸進搖曳的波光裡去了。然後街也逐漸遠去，山的形狀變得不眞切，最後連島本身也彷彿和光暈糾纏在一起似的，模糊而消失了。別的島出現，然後又同樣地消失。過一段時間之後，我開始覺得我所遠離而去的一切，簡直像本來就不曾存在過似的。

或許我應該留下來陪著妙妙的，我這樣想。管他的開學。我應該留在島上鼓勵她，一起盡全力尋找小堇，如果有什麼難過的事就緊緊擁抱她、安慰她。我想妙妙是需要我的，我在某種意義上也需要她。

妙妙以不可思議的強度吸引著我的心。

我從渡輪的甲板上，遠遠眺望著她遠離而去的身影時，才第一次想到這回事。雖然這或許不能稱爲戀愛感情，但也相當類似了。我整個身體感覺像被無數的細繩子綁起來了似的。坐進甲板的長椅上情緒久久無法撫平。膝上抱著塑膠健身提袋，眼睛一直盯著船尾留下的白色筆直航行痕跡。幾隻海鷗像要貼近擁抱那航跡似地緊追在渡輪後面。妙妙纖細手掌的感觸，簡直像靈魂的影子般，一直還留在我背後。

本來打算直接回東京的，但前幾天預約的機票座位不知道爲什麼竟被當作取消處理，因此不得不在雅典住一夜。坐上航空公司所準備的小巴士，住進他們所安排的市內飯店。布拉卡（Plaka）附近感覺很好的雅致飯店，但由於德國旅行團的旅客很多，非常吵雜。想不起什麼特別的事可做，於是到市區散步，沒有特定爲誰不過也買了小土產，傍晚一個人登上阿克波里斯（Akropolis）山丘。並在平坦的岩石上躺下來，一面任黃昏的微風吹拂著，一面眺望藍色夕暮中燈光下淡淡浮起的白色神殿。一幅美麗而幻想性的風景。

然而我當時所感覺到的卻是無法比喻的深深寂寥。一留神時，不知不覺之間有幾種顏色已經從包圍著我的世界永遠消失了。從這空蕩蕩的感情廢墟的沒落山頂，可以一眼望穿自己人生的遙遠前方。那跟小時候在科幻小說的插畫中看到的，無人行星的荒涼風景很像。那上面沒有任何生命的氣息。一天長得可怕，大氣溫度不是太熱就是太冷。載我到那裡去的太空船，不知道什麼時候已經消失了。我已經哪裡也去不了。只能在那裡，自己想辦法靠自己活下去。

我重新了解到小堇對我來說，是多麼重要而不可替代的存在。小堇以唯有她才辦得到的做法，把我聯繫固定在這個世界上。和小堇見面談話時或讀她所寫的文章時，我的意識可以靜靜地擴大，我能夠看到前所未見的風景。我和她可以很自然地心意重疊相通。我和小堇就像一般年輕情侶脫掉衣服互相赤裸相對一樣，可以把彼此的心敞開來讓對方看。那是在別的場合，對別的對象，所無法體驗到的事，而且我們為了不損傷這種心情——雖然沒有說出口——卻極珍惜細心地相處著。

無法跟她分享肉體的喜悅，不用說，對我是非常痛苦的事。如果能辦到的話，我相信兩個人都會更幸福的。可是那就像潮汐的漲退，像季節的遷移一樣，就算費盡力氣恐怕都是改變不了的事情。在這層意義上我們可以說是遇到不會有結果的命運。我和小堇所保有的微妙友情般的關係，不管費盡多麼大的聰明才智穩健思考，大概都沒辦法永遠繼續吧。到那時候，我們手中握有的頂多只有延長的死巷子般的東西。這個我很清楚。

可是我比誰都愛小董，需要小董。這種心情並不因爲不會有結果，就擱在一邊。再說這是一點都不會改變的。

而且我也夢想有一天「唐突的大轉變」會來臨。就算實現的可能性很小，至少我有作夢的權利。不過當然，那結果並沒有實現。

小董的存在消失之後，我發現我心裡有很多東西都不見了。簡直像退潮後的海灘，有些東西消失了一樣。留在那裡的，是對我來說已然不具正當意義的壓扁了的空虛世界。一個昏暗而寒冷的世界。發生在我和小董之間的事，在那個新世界裡大概不會再發生了吧。我知道不會了。

每個人各自擁有某個特定年代才能得到的特別的東西。那就像是些微的火焰般的東西。小心謹愼的幸運者會珍惜地保存，將那培養大，可以當作火把般照亮著活下去。不過一旦失去之後，那火焰卻永遠也回不來了。我所失去的不只是小董而已。我連那貴重的火焰也和她一起失去了。

我想起「那邊」的世界。也許小董在那邊，失去的另一半妙妙也在那邊。有黑頭髮、有潤澤性慾的另一半妙妙。她們在那裡相遇，終於能夠互相塡滿，正互相愛戀交歡著也不一定。「我們在做著語言所無法做到的事噢。」小堇或許會這樣告訴我（不過結果她還是對我「用語言」表示）。

那裡到底有沒有我立足的地方呢？在那裡，我能跟她們在一起嗎？當她們激情地相愛交歡時，我或許會躲在某個房間的角落裡一面讀著巴爾札克的全集一面消磨時間吧。並和淋浴出來的小堇兩個人做長長的散步，談很多事情（話雖如此談話的大部分照例都是由小堇包辦的）。這種圈圈能永遠維持下去嗎？這是很自然的事嗎？「當然哪。」小堇大概會這樣說。「不需要一一問吧。因爲你是我唯一的完全的朋友啊。」

但我不知道那個世界要怎麼去。我用手撫摸著阿克波里斯光滑堅硬的岩石肌理，想像著滲進那裡，封存進那裡的悠長歷史。我這個人不管願意與否，都已經被封閉進那時間性的連續中了。我無法從那裡走出去。不，不對——不是這樣。結果是，其實我並不希望從那裡出去。

到明天我就要搭飛機回東京。暑假立刻要結束，再度踏入無限繼續的日常中去。那是爲我存在的場所。有我公寓的房間、有我的書桌、有我的教室、有我的學生們。有安靜的每一天、有該讀的小說、有偶爾的韻事。

雖然如此，我大概再也回不去原來的自己了吧。到了明天我大概會變成別的人。不過周圍的人應該不會發現我已經變成和以前不同的人回到日本來。因為從外表看起來一點也沒有變。雖然如此，我心中卻有什麼已經燃燒殆盡、消滅掉了。在某個地方流著血。不知是誰，不知是什麼，正從我心中離去。低著頭，不說話。門打開了，門關上了。燈熄了。今天是對我來說的最後一天。最後一個黃昏。到天亮時，現在的我已經不在這裡。這身體將會有別人進到裡面去。

為什麼大家非要變成這麼孤獨不可呢，我這樣想。為什麼有必要變成這麼孤獨呢？有這麼多人活在這個世界上，個別都在向別人追求什麼，然而我們為什麼非要如此孤絕不可呢？為什麼？難道這個星球是以人們的寂寥為營養繼續旋轉著的嗎？

我在那平坦的岩石上仰天躺著眺望天空，想著現在應該正繼續繞著地球軌道轉的許多人造衛星。地平線雖然還被薄薄的光線鑲出一道邊緣，被染成葡萄酒般深紅色的天空已經有幾顆星星出現。我在其中尋找著人造衛星的光。但它們的形影要被肉眼看到，天空還太亮了。眼睛看得見的星星全都像被釘子釘牢了似的。一直停留在同一個地方不動。我閉上眼睛，側耳傾聽，想著以地球引力唯一的聯繫牽絆繼續通過天空的Sputnik的末裔們。它們以孤獨的金屬塊，在毫無遮擋的太空黑暗中忽然相遇，又再交錯而過，並永遠分別而去。既沒有交換話語，也沒做任何承諾。

15

星期天下午電話鈴響了。九月新學期開學後的第二個星期天。我那時候正在做過遲的午餐，我把瓦斯全部關掉立刻拿起聽筒。因爲我想說不定是妙妙打來通報小董消息的電話。電話鈴的響法有某種急迫的感覺。至少我是這樣覺得的。不過那卻是「女朋友」打來的。

「非常重要的事。」她很稀奇地省掉禮貌性招呼直接說。「你現在可以立刻到這裡來嗎？」從聲音的調子聽來，好像發生了什麼不妙的事情。說不定我們的關係被她丈夫識破了。我安靜地吸一口氣。如果被學校知道我跟自己帶的學生的母親睡覺，不用說我的立場將很糟糕。最壞的情況，或許會被解職。不過同時，我也覺得那是沒辦法的事。這種事一開始就知道了。

「要去哪裡？」我問。

「超級市場。」她說。

我搭電車到立川去，到車站附近的超級市場時是兩點半。好像盛夏又回來了似的炎熱下午，但我依照要求穿上白襯衫，打了領帶，套一件淺灰色西裝。她說這樣看起來比較像老師，應該可以給對方好印象。「因爲你有時候看起來像學生一樣。」

我在門口問了一個正在整理推車的年輕店員保安室在哪裡？他說保安室不在這裡，在馬路對面別棟的三樓。他所說的別棟是一棟不浮誇的三層樓小樓房，連電梯都沒有。水泥牆上裂開的縫隙看起來好像很乾脆地告訴你「反正不久也要整棟拆掉的，所以請別太介意」。我走上磨損的狹窄樓梯，在掛有保安室牌子的門上輕輕敲門。有粗壯的男人聲音回應，我打開門，看見她和她兒子在裡面。兩個人隔著桌子和穿警衛制服的中年人面對面。沒有其他任何人。

就算不能說寬敞，但也絕不小的房間。沿著窗戶排著三張桌子，相反的靠牆那一側則有鐵製的衣帽櫃。空著的牆面則貼有輪班執勤表，鐵製衣帽櫃上排著三頂警衛的帽子。裡頭裝有毛玻璃門的另外一側，好像有假寐用的休息室。房間裡完全沒有所謂裝飾品。沒有花、沒有畫、也沒有月曆。只有牆上掛的圓形掛鐘顯得格外大。房間怪空的。好像由於某種原因而被時光之流所遺留下來的古老世界的一個角落似的。有一股香煙、文件和人的汗，經歷漫長歲月混合在一起的不可思議的氣味。

負責的警衛是一位體格矮胖結實的男人，年齡看來大約超過五十五歲，手臂粗粗，頭大大，花白的頭髮密生而粗硬，以氣味便宜的髮膠勉強壓整過。放在前面的煙灰缸，已經被Seven Stars的煙蒂塞得滿滿的。我走進去時，他把黑框眼鏡摘掉，用布擦擦，再戴上。看起來那是他跟陌生人見面時，習慣性的動作。眼鏡拿下時，眼睛看來像從月球上撿來的石頭般冷冷的。眼鏡重新戴上時，冷漠的感覺退下，像有力沉澱物般的東西把痕跡埋掉了。不管怎麼樣，那都不是以安撫人爲目的的視線。

屋子裡很熱，雖然窗戶是敞開的，但風卻完全沒進來，只有馬路上的噪音傳進來而已。在紅綠燈前停下來的大型卡車，令人想起晚年Ben Webster的次中音喇叭，發出沙啞的氣壓式煞車聲。大家都流了不少汗。我走到那張桌子前，簡單打個招呼，遞出名片。警衛默默收下，抿緊嘴唇，盯著看了一會兒。然後把名片放在桌上，抬起頭看著我的臉。

「滿年輕的老師啊。」他說。「工作幾年了？」

我假裝想了一下，「第三年了。」

「哦。」他說。除此之外什麼也沒說。不過沉默本身卻雄辯地述說了各種事。他再一次拿起名片來，好像要確認什麼似地望著我的名字。

「我是警備主任敝姓中村。」他報了名字。並沒有給我名片。「那邊有多的椅子請隨便搬一張來坐吧。抱歉這裡很熱。冷氣故障了。星期天業者不來修，也沒裝電扇之類的靈巧東西，簡直活受罪。大概很熱吧，所以老師也別客氣脫下西裝外套不妨。我想事情沒那麼快解決，而且光看著，我都覺得熱起來了。」

我依他說的搬一張椅子過來，脫下外套。襯衫因爲流汗而緊貼在皮膚上。

「不過，我總是想，老師的工作眞令人羨慕。」警衛說。嘴角露出乾涸了似的笑。不過眼鏡深處的眼睛，就像只盯著限定動作的深海捕食生物般，探尋著我的底細。雖然嘴巴上是客氣的，但那無非只是表面的而已。尤其當他嘴上提到「老師」這字眼時，聽起來毫無疑問是充滿侮蔑的。

「每年有一個多月的暑假，星期天不用出去工作，不必值夜班，又有年節送禮。眞是沒得挑剔啊。現在想起來，早知道我在學校時也好好用功，當個老師多好。不過不知道是什麼因果關係，結果還是當上超級市場的警備員。腦筋不好吧。我也對我小孩說，長大了要當老師噢。再怎麼說，還是學校老師最輕鬆啊。」

我「女朋友」穿著簡單的藍色短袖洋裝。把頭髮俐落地盤在頭上，兩耳戴著小耳環。穿著有跟的白色涼鞋，膝上放著白皮包，奶油色小手帕。從希臘回來以後這還是第一次跟她見面。她什麼也沒說，以哭過的紅腫眼睛輪流看著我和警衛。從臉上表情可以看出已經被整過不少的樣子。

我跟她眼光短暫相對，然後看兒子那邊。眞正的名字叫做仁村晉一，但在班上大家都叫他「人參」（即紅蘿蔔）。他瘦瘦的臉長長的，頭髮毛毛捲捲的，看起來還眞像紅蘿蔔。我大多也是那樣叫他的。他乖乖的，是個除非必要不太多開口的孩子。成績算是好的。不會忘記做習題，不會賴掉打掃值班。也不惹問題。不過上課時卻不會舉手發言，也不會爭取領導權。同學並不討厭他，但他也沒有特別受歡迎。他母親對這覺得相當不滿意，不過以教師的立場來看，倒是好得沒話說的孩子。

「事情經過您已經聽他媽媽說過了吧，在電話裡。」警衛問我。

「聽到了。」我說。「是扒東西的事。」

「沒錯。」警衛說著拿起腳邊的紙箱，放在桌上。並往我這邊推過來。箱子裡放有塑膠包裝還封得好好的小型釘書機八個。我拿起一個來檢查看看。貼著850圓的價格標籤。

「八個釘書機。」我說。「這就是全部嗎？」

「是的。這就是全部了。」

我把釘書機放回箱子裡去。「價格全部是6800吧？」

「是的。6800圓。您一定是這樣想吧。『當然扒東西是不行。是犯罪行爲。可是爲什麼扒八個釘書機要這麼小題大作。何況還是小學生嘛！』不是嗎？」

我什麼也沒說。

「沒關係呀，如果要這樣想的話。事實也是這樣。世界上充滿了比扒八個釘書機更惡質的犯罪。我在這裡當警衛之前，也有很長時間當過現場警察，所以很清楚噢。」

警衛一面筆直地看我的眼睛一面說。我一面注意不要給他挑戰性的印象，一面一直從正面接住那視線。

「要是第一次的話，店方也不會爲損失這麼一點的扒手事件而一一騷動。我們也是做待客生意的，所以沒有必要我們並不想把事情鬧大。本來只想把他帶到這房間來嚇唬一下就算了。要是惡質性的話，也只不過聯絡家裡，請他們注意。並不通知學校。這種事情我們想盡量方便穩當地處理掉，這是本店處理小孩子扒手時的基本方針。

「可是這孩子，這孩子當扒手今天並不是第一天噢。到目前爲止光在我們這裡，知道的就有三次了。注意喲，三次了噢。而且第一次、第二次，這孩子連自己的名字，所上學校的名字，都頑固地不肯講出來。因爲每次都是我處理的，所以記得很清楚。不管問他什麼，叫他說什麼，一概不開口。以警察來說就是所謂的完默。既不道歉、也沒有反省的樣子，反抗性強，態度極其惡劣。我說要是不說名字的話我們就送到警察局去，這樣也沒關係嗎？我這樣問他，還是不說話。沒辦法這次勉強叫他拿出巴士的定期票來，才找到名字。」

他停頓了一下，等詳細狀況完全進入我腦子裡。他又再盯著我的眼睛看，我也沒轉開視線。

「還有一點，偷的東西內容不妙。應該說不可愛吧。第一次是自動鉛筆15支。以金額來說是9750圓。第二次是八個圓規。以金額來說是8000圓。也就是每次都以一種東西大量一起扒。不是爲了自己用的。也許只爲好玩而偷，也許拿去賣學校的同學。」

我試著想像中午休息時間，紅蘿蔔向同班同學推銷偷來的釘書機的光景。那只是很單純的不可能的假定。

「我不太清楚，」我說。「不過爲什麼非要在同一家店那樣明目張膽地扒呢？一連做好幾次的話，當然臉也被人家記得了，應該也會加強警戒，被抓的話處罰應該也比較重。如果想做得順利的話，通常不是會到別家去嗎？」

「這種事問我也很傷腦筋。也許實際上在別家也做呢。或者特別喜歡我們這家店也不一定。或者特別不喜歡我的長相也不一定。我只不過是超級市場的警衛而已喲，不會一一去想困難的事。我領的薪水不包含那些。如果想知道的話，不妨直接問他本人。今天也是，帶到這裡來已經三個小時了，在這之間這孩子一句話也不肯說。猛一看好像很乖，可是爲什麼這麼難纏呢？所以有勞老師也來一趟。難得的放假日子眞對不起。

「……不過，我從剛才就有點擔心，您曬得相當漂亮。雖然跟這件事沒有直接關係，不過暑假裡，您是不是去哪裡了？」

「也沒去什麼特別的地方。」我說。

雖然如此，他還是很仔細地盯著我的臉瞧。簡直就像我是問題的重要部分似的眼光。

我再一次拿起釘書機，看到細節的地方爲止。這是任何家庭和辦公室都有的極普通的小型釘書機——幾乎達到完美領域的便宜事務用品——。警衛叼起一根Seven Stars，用Bic打火機在香煙尖端點上火。然後把臉轉向旁邊吐著煙。

我轉向孩子的方向很沉穩地問他看看，「爲什麼是釘書機呢？」

紅蘿蔔本來一直盯著地板看的，這時靜靜抬頭來看我。但什麼也沒說。這時我第一次發現，他的面貌跟平常完全不一樣。很奇怪沒有表情，眼睛的焦點不合。視線裡沒有所謂深度這東西。

「是不是被別人威脅所以才做的？」

紅蘿蔔還是沒回答。連他是不是了解現在我在這裡所說的話，我也不清楚。我放棄了。現在在這裡逼問他本人，大概什麼也問不出來吧。他把門關閉著，窗戶也緊閉著。

「那麼，怎麼辦呢，老師？」警衛員問我。「我的工作是巡視店內，用監視銀幕監視，發現有扒手現行犯就帶到這個房間來，我就是領這種薪水的。接下來怎麼做則是另一個問題。尤其如果對方是小孩的話，就很難處理。老師，您覺得該怎麼處理才好呢？這方面老師們會比較清楚吧。或者乾脆報警呢。那樣對我來說非常輕鬆。對一個小孩子我又不能勉強使力，只能做一些沒用的事，徒然浪費半天時間而已。」

老實說那時候，我腦子裡在想著其他的事。超級市場破落的保全室風景，無論如何總讓我想起希臘那個島上的警察局。而且我不可能不想到小菫。想到她不見了。

所以我有一會兒還搞不太懂，那個男人到底想對我說什麼。

「我也會跟他父親說，要對小孩嚴加注意。好好告誡他扒手也是一種犯罪。下次再也不要給人家添麻煩了。」她以缺乏抑揚頓挫的聲音說。

「所以希望不要張揚出去，這點剛才妳已經說過很多次了。」警衛好像覺得很無聊似地說。他把香煙在煙灰缸上敲敲，把煙灰抖落。然後再看我這邊一次，「不過以我來說，我覺得同樣的事做三遍，怎麼說都太多了。有必要適時阻止他。老師對這有什麼想法嗎？」

我深呼吸一下，把意識拉回現實世界來。八個釘書機，和九月的星期天下午。

我說「我不跟孩子先談談的話，沒辦法說什麼。因爲他是從來沒有惹過問題的孩子，頭腦也不壞。爲什麼會做這麼無意義的扒手的事，我現在也想不出原因。我想現在跟他花一點時間好好談談看。談著之間一定會找到什麼頭緒吧。給大家添麻煩眞是過意不去。」

「不過，我眞搞不懂。」對方在眼鏡後面瞇細了眼睛說「這孩子——仁村晉一——是老師帶的班上學生吧。也就是每天在教室都碰面的啊。對嗎？」

「沒錯。」

「因爲是四年級了，所以已經在老師班上一年又四個月了。不是嗎？」

「是的。我從三年級開始帶的。」

「班上總共有幾個學生呢？」

「35個。」

「那麼應該相當照看得到的啊。可是這孩子會發生問題居然完全沒料到。您一點都沒感到什麼預兆嗎？」

「是的。」

「可是慢著，這孩子在半年之間，光是知道的就扒過三次，而且每次都是一個人幹的。並不是有人威脅他『你去幹這個』。既不是爲了需要。又不是臨時起意。也不是爲了錢——聽他媽媽說，他有很夠用的零用錢。這樣看來，這是屬於確信犯。爲了偷而偷的。換句話說這孩子顯然是有『問題』的。對嗎？這種情形不是會有什麼兆頭嗎？」

「如果叫我以教師的立場來說的話，習慣性的竊盜行爲，尤其是小孩的情形，與其說是犯罪行爲不如說多半因爲精神性的微妙扭曲而來的。當然如果我多注意一點深入觀察的話或許會知道，關於這點我應該反省。不過這種扭曲，往往很難從外表預測。或者把這種行爲本身單獨挑出來當作一種行爲，給予該給的處罰，但這並不能立刻就治得好。只能找出根本原因，糾正過來，否則將來還會以其他形式出現問題。採取扒手這形式的孩子有不少是在發出某種訊息，這種情形就算效率很差，也只能花多一點時間跟孩子面對面溝通。」

警衛把香煙揉熄，嘴巴半開，像在觀察什麼珍奇動物似的長久之間一直盯著我的臉看。他放在桌上的手指非常粗。看起來像十隻長了黑毛的肥胖生物一樣。看著令我覺得呼吸困難。

「像您現在說的，是不是所謂大學教育學之類的，課堂上是這樣教大家的呢？」

「這倒不一定。因爲是心理學的初步，所以任何書上都有寫。」

「任何書上都有寫。」他面無表情地重複我的話。然後拿起毛巾來擦粗脖子周圍的汗。

「所謂精神上的微妙扭曲，到底指什麼？嘿，老師？我當警察從早到晚接觸的對象，都是一些不只微妙扭曲的人。世界上有很多這種人。可以掃來丟掉那麼多。那些人的話如果都花時間去一一仔細聽，認眞去思考那裡頭到底含有什麼訊息的話，我身體就算有一打腦漿也不夠用。」

他嘆一口氣，把裝釘書機的箱子又再放回桌子下。

「大家嘴巴上都說一些非常有道理的事，小孩的心是清潔的。不可以體罰。人生來是平等的。不可以成績評判一個人。花點時間好好商量解決吧。那也沒關係喲。不過，這樣世間就會逐漸變好嗎？才沒有。反而變壞了。那麼，人生來就是沒有理由平等的嗎？這也沒聽說過。我告訴你，這狹小的日本擠滿了一億一千萬人口。如果大家都平等的話，您想一想，那簡直是地獄。

「要說漂亮話很簡單。只要閉上眼睛，裝成看不見，讓問題都過去就行了。不要製造風波，讓孩子唱驪歌順利畢業，這就可喜可賀了。當扒手是小孩某種心事的訊息。其他的就不知道了。很輕鬆噢。最後讓誰去擦屁股呢？我們哪。您以爲我們喜歡這樣做嗎？您臉上雖然寫著那只不過是6800圓的事嘛，可是請站在被偷者的立場想一想。這裡有一百多人在上班，大家都爲了一圓兩圓的價差而爭得面紅耳赤。收銀機的合計如果差了一百圓的話，就得加班查清楚。您知道在這家超級市場上班打收銀機的歐巴桑一小時薪水多少錢嗎？學校爲什麼沒教學生這種事呢？」

我沉默著。她沉默著。孩子沉默著。警衛主任也好不容易講累了似地暫時置身於沉默中。別的房間電話短暫地響過一次，有人拿起聽筒。

「那麼該怎麼辦才好呢？」

我說，「難道要用繩子把孩子綁起來倒吊在天花板下，一直等到他本人道歉說『對不起』，才行嗎？」

「那樣也不壞。不過正如您所知道的，實際上要是那樣做的話，您和我都要被砍頭。」

「那麼，只有花時間耐心談沒有別的辦法。這是我最後的意見了。」

別單位的人沒敲門就走進房間來說「中村先生，倉庫鑰匙借一下。」於是「中村先生」在書桌的抽屜裡找了一會兒但沒找到鑰匙。「沒有，」他說。「奇怪，一直放在這裡的啊。」對方說有很重要的事，現在非立刻就要那鑰匙不可。從兩個人的口氣聽來，那是相當重要的鑰匙，本來好像不應該放在那裡的。他把書桌的幾個抽屜都倒出來翻遍了，還是沒找到鑰匙。

在那之間我們三個人都沉默著。她以傾訴的眼光不時往我這邊看看。紅蘿蔔依然面無表情地望著地上。我則漫無邊際地想著各種事情。天氣非常熱。

需要鑰匙的男人終於放棄了，一面嘀嘀咕咕地抱怨著一面走掉。

「好了。」中村警衛主任重新轉向這邊，以無表情的事務性聲音說「辛苦了，這樣就結束了。接下來的事就完全交給老師和媽媽。不過噢，如果再發生一次同樣的事的話，聽清楚噢，那時候可就會更麻煩了，明白嗎？我也很怕麻煩，不過工作就是工作。」

她點點頭。我也點點頭。紅蘿蔔好像什麼也沒聽見似的。我從椅子上站起來時，另外兩個人也虛弱地學我站起來。

「最後一句話。」警衛還坐著，抬起頭看著我說「說這種話雖然失禮，不過我還是乾脆說了，我看著老師總覺得有什麼地方想不通噢。年紀輕輕個子高高，感覺很好，曬得黑黑的，思路清晰。說的話也都很有道理。相信家長的評價也不錯吧。不過我說不上來，從第一眼開始我就覺得有什麼卡在胸口。有些無法釋懷的地方，並不是對老師個人特別找碴。所以請不要生氣噢。祇是有點掛心而已。到底是什麼卡住了啊。」

「我有一個私人的問題想請教，可以嗎？」我說。

「請便，什麼都可以。」

「如果人不是平等的話，那麼您大概是處在什麼位置呢？」

中村警衛主任把香煙吸進肺的深處，搖搖頭，然後好像對誰勉強推出什麼似地，花時間慢慢吐出來。「不知道。不過沒問題，因爲至少不是跟老師在同一個地方。」

她把紅色的TOYOTA Celica停在超級市場的停車場。我把她叫到離小孩有一點距離的地方，說妳一個人先回家去。我想跟孩子兩個人談一下。事後我會送他回家。她點點頭。想說什麼，結果沒說出口，就一個人上了車，從皮包拿出太陽眼鏡來，發動了引擎。

她走了以後，我帶著紅蘿蔔走進眼前看見的一家明亮的喫茶店去。並在有空調的室內總算鬆一口氣，爲自己點一杯冰茶，爲孩子點一客冰淇淋。我把襯衫領口的扣子解開，把領帶拿下來放進西裝口袋裡。紅蘿蔔還躲在沉默裡不出來。表情和眼神都和在超市的保安室裡時沒有改變。看來好像長期處於失心狀態似的。纖細的小手雙雙併攏放在膝上，臉避開我的眼睛看著地上。我喝了冰茶，紅蘿蔔則完全沒有碰冰淇淋。冰淇淋在杯子裡逐漸溶化了，但紅蘿蔔似乎沒注意到這個似的。我們兩個面對面，卻像鬧不愉快的夫妻一樣長久沉默著。女服務生每次有事經過我們這桌時總是一臉緊張的樣子。

「發生了很多事。」過了很久我才開口說。並不是我想開始說什麼，那是很自然地從心裡說出來的話。

紅蘿蔔慢慢抬起頭來向著我。但什麼也沒說。我閉上眼睛嘆一口氣，又再沉默了一會兒。

「我還沒有對任何人說過，不過暑假我去了一趟希臘。」我說。「你知道希臘在哪裡噢？社會科上課時間在錄影教材上看過的。在南歐的地中海。有很多島，出產橄欖。紀元前大約500

年左右古代文明很發達。民主主義在雅典誕生，索克拉底斯服毒而死。我到那裡去。非常美麗的地方噢。不過我不是去玩。我的朋友在希臘一個小島上失蹤了，我去找她。但很遺憾沒找到。她靜靜地消失了，像煙一樣。」

紅蘿蔔只稍微打開一點嘴巴，看著我的臉。表情依然生硬地死著，眼睛好像稍微有一點恢復光亮。他確實有在聽我說話。

「我喜歡那個朋友。非常喜歡。她是比誰都重要，比什麼都重要的人。所以我特地坐飛機到希臘的那個島上去找她。但是沒有用。怎麼也找不到。這樣一來，如果那個朋友不見了，我就沒有任何朋友了，一個都沒有。」

我不是對紅蘿蔔說的。只是對自己說的而已。只是說出聲音以思考事情而已。

「你知道我現在最想做什麼嗎?那就是爬上像金字塔一樣高的地方。越高的地方越好。最好是周圍空曠的地方。我想站在那最高的頂點，以自己的眼睛確實看看，眺望全世界一周，看能看見什麼樣的景色，現在那裡到底失去了什麼。不，到底怎麼了。我不知道。或許我其實並不想看。也許我已經什麼都不想看了。」

女服務生走來，把紅蘿蔔前面溶化掉的冰淇淋收下去。在我前面放下帳單。

「我從小時候開始就像是一直一個人活著過來的似的。雖然家裡有父母跟姊姊，但我誰都不喜歡。我跟家裡人心情都無法溝通。所以我常常想像自己是不是領養的孩子。因爲某種原因，從某個遠方的親戚那裡領養來。或從孤兒院領養來的。不過現在想起來應該不是吧。因爲不管怎麼想，我父母都不是會從孤兒院領養孩子的那種人。不管怎麼樣，我都不太能了解自己和這一家人有血緣關係。我倒覺得自己和他們是完全沒關係的人，這種想法對我還比較輕鬆。

「我經常想像遠方的某個地方。在那裡有一棟房子，那房子裡住著我眞正的家人。雖然小，卻是讓人心安的家。在那裡每個人的心意可以很自然地彼此相通，感覺到的任何事情都可以很坦白地說出來。到了黃昏可以聽見母親在廚房做飯的聲音，聞到溫暖而美味的氣味。那是我本來應該在的地方。我經常在腦子裡描繪那個地方的情景，讓自己溶入那裡面。

「實際上我家裡有一隻狗，家裡只有那隻狗是我最喜歡的。雖然是一隻雜種狗，但頭腦非常好，教牠一次什麼，牠永遠都記得。我每天帶牠去散步，我們一起去公園，我坐在長椅上跟牠說很多話。我們心情可以彼此傳給對方。那是我小時候對我來說最快樂的一段時光。可是那隻狗在我小學五年級時，在家裡附近被卡車輾死了。從此以後家裡就不再讓我養狗了。說狗又吵又髒又麻煩費事。

「狗死了以後，我就一個人窩在房間裡一直讀書。我覺得周圍的世界，不如書中的世界更生動。那裡有我沒看過的風景無限延伸。書跟音樂成爲我最重要的朋友。雖然學校裡也有幾個比較親的朋友，可是我並沒有遇到能夠眞正打開心來談話的對象。只是每天碰面隨便聊一聊，一起踢足球而已。就算有什麼傷腦筋的事，我也不會找人商量。只會一個人思考、想出結論、一個人行動。但也不特別覺得寂寞。我想那是很平常的。所謂人，終究是必須一個人活下去的。

「但我上大學時，遇到那個朋友，從此以後我的想法就逐漸有一點改變了。我開始明白長久之間一個人思考的話，結果只能想出一個人能想到的份。一個人孤伶伶的，有時候也會開始覺得非常寂寞。

「一個人孤伶伶的，就像在下雨天的黃昏，站在一條大河的河口，長久一直望著滾滾流水流進大海裡時那樣的心情。你有沒有在下雨天的黃昏，站在大河的河口，眺望過河水流入大海呢？」

紅蘿蔔沒有回答。

「我有。」我說。

紅蘿蔔確實地張開眼睛看著我的臉。

「看著大量的河水和大量的海水互相混合下去，爲什麼會覺得那麼寂寞呢？我不太明白。不過眞的是這樣。你也不妨看一次試試看。」

然後我拿起西裝外套和帳單，慢慢站起來。用手拍拍紅蘿蔔的肩膀時，他也站起來。於是我們走出那家店。

然後走到她家，步行花了大約三十分鐘。並排走著之間，我跟紅蘿蔔一句話都沒說。

到他家附近時有一條小河，上面架了一道水泥橋。味道還稱不上河的程度。只是把排水溝照樣放大似的流水。這一帶還是一大片農田時，曾經被當作農業灌溉用水吧。不過現在水已經污濁，有一股淡淡的清潔劑氣味。甚至連是不是在流著都不太確定。河床茂盛地長著夏季的雜草，丟棄的漫畫雜誌翻開著。紅蘿蔔在橋的正中央站定下來，從扶手探出身子往下看。我也站在他旁邊，同樣地往下看。長久之間我們就那樣站著不動。大概不想就那樣回家去吧。我了解這種心情。

紅蘿蔔把手伸進褲袋裡，從裡面拿出一把鑰匙，遞過來給我。到處都看得到的一般鑰匙，附有紅色大塑膠名牌。名牌上寫著「保管3」。那好像是中村警備主任在找的保管庫的鑰匙。可能是紅蘿蔔因爲某種情況獨自被留在房間時，在抽屜裡找到，便快速塞進褲袋裡。這孩子心中，似乎還有很多我所想像不到的謎樣的領域。眞不可思議的孩子。

接過來放在手心看看，那鑰匙感覺好像沉重地滲進很多人糾纏黏貼在裡面的樣子。在太陽的耀眼光線下，那顯得非常破舊、骯髒、短小。我猶豫了一下，終於乾脆把那鑰匙丟進河裡。濺起一些水花。不是很深的河，但因爲水的混濁而看不到鑰匙的去向。我跟紅蘿蔔兩個人並排站在橋上，俯視著那一帶的河面一陣子。鑰匙處理掉之後，心情稍微輕鬆一點了。

「現在拿去還也不是辦法。」我好像自言自語地說「而且別的地方一定還有備份的鑰匙。因爲是重要的保管庫啊。」

我伸出手，紅蘿蔔輕輕握住那手。我手掌裡感覺到紅蘿蔔纖細小手的感觸。那是很久以前在什麼地方——到底是什麼地方——經驗過的感觸。我一直握著那手，走到他家。

到家之後，她在等我們。她已經換上清爽的白色無袖襯衫和褶裙。眼睛紅腫。回到家之後大概又一個人一直在哭吧。她先生在東京都內經營房地產公司，星期天不是工作就是打高爾夫不在家。她把紅蘿蔔送進二樓自己的房間，沒讓我坐客廳，卻帶我到廚房用餐的餐桌去。我想大概在那裡比較方便說話吧。酪梨綠色的巨大冰箱和海島牌廚具，有一扇朝東的明亮大窗。

「臉色好像比剛才好一點了。」她小聲對我說，「在那警衛室我第一眼看見這孩子時，眞不知道該怎麼辦。我第一次看見那種眼神。簡直像——到另一個世界去了似的。」

「不用擔心。時間過去就會恢復的。所以我想給他一段時間，暫時什麼也別說不要管他比較好。」

「後來你們兩個做了什麼？」

「談了話。」我說。

「談了什麼？」

「沒什麼不得了的話。不如說，只是我一個人隨便講而已。好像不關緊要的事情。」

「要不要喝什麼冷飲？」

我搖搖頭。

「我有時候會覺得不知道該跟這孩子談什麼才好。這種感覺好像越來越強烈了。」她說。

「也不必勉強跟他說話。孩子有孩子的世界。如果想說的話，有一天對方會自己來跟妳說。」

「可是，這孩子幾乎什麼話都不說。」

我們一面注意著身體不要互相接觸，一面隔著餐桌面對面，不自在地談著。就像老師和母親商量有關問題孩子時，平常會做的那樣。她一面說，神經質的雙手一面在餐桌上一下交纏，一下伸直，或一下握緊。我不能不想起那手指在床上對我所做的事。

這次的事情沒有報告到學校去，我跟孩子長談之後，如果有什麼問題的話我會順利解決。所以妳不用想得太嚴重。這孩子頭腦很好，也很認眞，只要時間過去，一切應該就會穩定下來。這是一種一時性的事情。重要的是妳自己要先鎭定。同樣的話我緩慢而穩重地重複說給她聽，直到她聽進腦子裡去爲止。她好像因此而稍微安心了些似的。

她說要開車送我回國立的公寓。

「那孩子是不是感覺到什麼了？」她在等紅燈時問我。當然是指我跟她之間的事。

我搖搖頭。「妳爲什麼這樣想？」

「剛才我一個人在家，等你們回來的時候，忽然這樣覺得。沒有什麼特別的根據，只是有一點這樣覺得。這孩子感覺相當敏銳，我跟我先生感情不太好他當然也注意到了吧。」

我沉默不語。她也不再多說什麼。

她把車停在我公寓前兩條街的停車場。拉起手煞車，轉動鑰匙把引擎關掉。引擎聲音消失。空調的風聲消失後，不舒服的寂靜來到車內。我知道她希望我現在立刻擁抱她。想到她襯衫下面滑溜溜的身體時，我口裡一陣乾渴。

「我想我們還是停止見面比較好。」我鼓起勇氣說出口。

對這個她什麼也沒說。雙手放在方向盤上，一直定定地注視著油壓器附近一帶。臉上的表情幾乎都消失了。

「我想了很多。」我說。「我還是不要變成問題的一部分比較好，爲了很多人設想。因爲既是問題的一部分，就不能成爲解決的一部分了。」

「很多人？」

「尤其是爲了妳兒子。」

「而且也爲了你自己嗎？」

「那也有。當然。」

「那麼我呢？我是不是在那很多人裡面？」

我想回答在裡面。但沒辦法簡單說出來。她摘下深綠色的雷朋太陽眼鏡，想想又重新戴上。

「這種事我不想簡單說，不過不能跟你見面，對我來說是很難過的。」

「對我來說當然也難過。但願能一直這樣順利地過下去。但這是不對的。」

她深深吸一口氣，再吐出來。

「所謂對不對，到底是什麼呢？你能告訴我嗎？老實說，我不太知道什麼是對的。所謂不對是指什麼，這個我知道。可是什麼才是對的呢？」

關於這個，我沒辦法回答。

看來她好像快要哭出來似的。或想要大聲叫出來似的。不過總算壓制下來了。只是用雙手緊緊地抓住方向盤而已。手背有點紅起來。

「當我還年輕的時候，很多人主動過來跟我說話。而且說很多話給我聽。快樂的事、美麗的事、不可思議的事。不過超過某個時點之後，就沒有人來跟我說話了。沒有一個人。我先生、我兒子、我朋友……全都不說話了噢。好像全世界已經沒有任何可說的事情了似的。我有時候會覺得自己的身體好像可以完全透明的看透到對面去似的。」

她的手離開方向盤，舉起來在空中照看著。

「不過跟你說這些，你一定也不會了解吧。」

我在自己心中尋找適當的話，但沒有找到。「今天很謝謝你。」她好像改變想法了似的說。

那時候已經恢復到快要接近平常的冷靜聲音了。「今天的事，我想我一個人大概沒辦法好好處理。因爲相當難過。眞的幸虧有你跟我們在一起。這個我很感謝。我想你可以當一個非常傑出的老師。現在也已經幾乎是了。」

這裡頭是不是含有嘲諷在內，我想了想。大概，沒錯，應該含有吧。

「現在還不是。」我說。她只稍稍微笑一下。那就是我們談話的結尾了。

我打開助手席的門走出車外。夏季星期天下午的光線，已經完全變淡了。呼吸很困難，站在地面的腳感觸很奇怪。Celica 的引擎打開了，她從我個人的生活領域離去。可能是永遠地離去了。她搖下車窗輕輕揮揮手，我也舉起手來。

我回到公寓的房間，把流汗弄髒的襯衫和內衣丟進洗衣機，沖過澡洗過頭。走到廚房，把做到一半的午餐繼續完成，一個人把那吃了。然後身體沉入沙發，準備繼續讀還沒讀完的書。但只讀了五頁就讀不下去了。我放棄地闔起書本，想了一會兒小堇。然後想到丟進污濁河水的保管庫鑰匙。想到用力握緊Celica 方向盤的「女朋友」雙手。一天終於結束，只剩下無法整理的思緒。我花了相當長的時間淋浴，但依然洗不掉滲進身體的香煙氣味。而且手上，彷彿還留下用力切斷有生命東西的活生生的感觸。

我是否做對了呢？

自己並不覺得做對了事情。我只是做了自認爲對自己有必要的事而已。其實其中有一個很大的錯誤。她問我「很多人？」我也包括在裡面嗎？

說眞的，我當時想到的，不是很多人，而只有小菫。不是在那裡的他們，也不是我們，而是只有不在那裡的小菫。

16

自從在希臘的島上分別以來，妙妙一次也沒有聯絡。這是相當奇怪的事。因爲她曾經跟我約好，不管小堇有沒有消息，她一定都會跟我聯絡的。我既不認爲她會忘記我的存在，也不認爲她的個性只是當時隨便說說的。也許因爲什麼事情，而找不到和我聯絡的方法。我想還是由我來打電話給妙妙試試看好了。不過仔細想想，我連她的本名都不知道。也不知道公司的名稱，辦公室的地點。小堇完全沒有留給我這類具體線索。

小堇家的電話有一陣子依然還是同樣的錄音留言，但不久之後就被切斷了。我本來也想打電話到小堇父母家的。卻不知道電話號碼。當然如果能找到橫濱市的職業別電話簿，查一下她父親的牙科診所應該聯絡得上，但又提不起勁去這樣嘗試。我到圖書館去查查看八月的報紙。小堇的報導在社會版小小的登過幾次。在希臘一個島上一位22歲的日本女性旅行者下落不明。當地警察正在搜索中。但沒有消息。到現在依然毫無音訊。可是只有這樣而已。我所不知道的事什麼也沒寫。在海外失蹤的旅行者不在少數。她也只不過是其中的一個而已。

我不再去追蹤報紙的新聞了。不管她失蹤的原因是什麼，後來搜查的進展情形如何，只有一件事我很清楚。如果小堇回來了，不管她有什麼事應該都會跟我聯絡的。對我來說這是最重要的重點。

於是九月結束，秋天轉眼就過去，冬天來了。11月7日是小堇的第23次生日，12月9日是我的第25次生日。過了年，學年結束。紅蘿蔔自從那次以後並沒有惹出特別問題就升上五年級，換到新班級去了。關於扒手事件，我並沒有和紅蘿蔔再特別談起過。因爲看著他的臉時，我覺得已經沒有那個必要了。

幸虧由於換班導師的關係，我也沒有再和「女朋友」碰面的機會了。我想這對我和對她都是值得慶幸的。因爲一切都已經成爲過去的事了。雖然如此，有時候還是會很懷念地想起她肌膚的溫暖，也有幾次差一點就打電話給她。那樣的時候讓我及時懸崖勒馬的，是那個夏天下午在我手上的超級市場保管庫鑰匙的感觸，是紅蘿蔔小手的感觸。

我有時候，不知道爲什麼會突然想起紅蘿蔔。眞不可思議的孩子——我每次在學校跟他碰面時都會重新再這樣想。沒有理由不這樣想。在那瘦瘦的安穩容貌後面，到底隱藏著什麼樣的想法呢，我無法順利推測。不過他腦子裡在東想西想各種事情則是可以確定的。而且如果有必要時他可以迅速確實地去實行，這孩子身上擁有這樣的行動力。其中甚至令人感覺得到類似深度的東西。那天下午在喫茶店裡，我把心中所有的想法感覺老實告訴他，或許是一件好事吧，我想。不管對他也好，對我也好。比較起來，尤其是對我。他——想一想雖然很奇怪——不過那時候，他了解我，接受我。甚至赦免了我。在某種程度上。

像紅蘿蔔這樣的孩子，我想今後會一直走過許多日子（令人感覺是否會永遠繼續的漫長成長期），長大成人吧。那想必是很辛苦的。辛苦的事遠比不辛苦的事要多得多吧。從我自己的經驗，可以預測出那辛苦的概要來。他可能愛上什麼人？而那個人是不是能順利接受他呢？不過不用說，這種事情我現在在這裡想也沒有用。小學畢業後，他就會出到跟我沒有關係的更廣大的世界去。而我則有我自己該思考的問題。

我到唱片行去，買了伊麗莎白·舒瓦茲珂芙唱的『莫札特歌曲集』CD，聽了好多次。我喜愛其中美麗的寧靜。一閉上眼睛，那音樂總是帶我回到那希臘海島上的夜晚。

小堇留給我的，除了一些清清楚楚的記憶之外（其中也包含我在那次搬家的黃昏所感覺到的強烈性慾的記憶），就只有幾封長信，還有一張磁碟片而已。我把那文章讀了好幾次又好幾次。綿密地反覆重讀到可以暗記和背誦的地步。而且唯有在重讀這些的時候，我跟小堇一起共度時間，和她的心交相重疊。那比任何東西都更親密地溫暖我的心。就像黑夜從穿過茫茫荒野的火車窗戶裡，看得見遠遠農家的小燈那樣。在那片刻之間，就被吸進背後的黑暗中消失掉了。但一閉眼，那光點卻還暫時淡淡的留在網膜上。

半夜醒來，就從床上起來（反正睡不著）一個人坐在單人沙發，一面聽舒瓦茲珂芙，一面重溫那希臘小島的記憶。就像在一頁頁靜靜地翻著書一樣，回想在那裡所遇到的一幕幕情景。美麗的沙灘、港口的露天咖啡館。服務生背上的汗滲在衣服上的痕跡。我腦子裡重新浮現妙妙端正的側面，從陽台看得見地中海的搖曳波光。一直站立在廣場上被刺穿身體的可憐英雄。還有半夜從山上傳來的希臘音樂。我鮮明地記起在那裡的魔術性月光，和音樂的不可思議的響法。當我被那遙遠的音樂聲喚醒時，所感覺到的，遙遠的乖離感。就像某種尖銳的東西靜靜地長時間刺穿我無感覺的身體般，沒有實體的深夜的疼痛。

我在椅子上暫時閉上眼睛，然後睜開眼。安靜地吸氣，吐氣。我準備想一點什麼，然後什麼也不想。但這之間實際上沒有太大的差別。事情跟事情之間，還有存在的東西和不存在的東西之間，我找不到明確的差異。我望著窗外。直到天空發白，雲在流動，鳥在叫，新的一天站了起來，開始收拾起住在這個星球上的人們的意識爲止。

只有一次，我在東京街頭看到妙妙。那是小堇失蹤已經半年以上，三月中一個溫暖星期天的事。天空烏雲沒有空隙地密密低垂著，好像立刻就要下雨的樣子。人們從早就準備了雨傘。有事到住在都心的親戚家造訪途中，在廣尾的明治屋紅綠燈附近，看見一輛深藍色的 **Jaguar** 在塞車的路上前進著。我坐在計程車上，**Jaguar** 在左側的直行車線上跑著。我的眼光會停在那輛車上，是因爲開車的是一位白髮非常醒目的女性。一塵不染的深藍車體，和她的白髮，遠遠看來依然顯得對比鮮明。我因爲只看過黑髮的她，因此花了些時間才把這兩個形象重疊起來，不過那毫無疑問是妙妙。她跟以前一樣漂亮，極其洗鍊。她的頭髮白得令人倒吸一口氣，讓人不容易接近，散發著甚至可以神話性來表現的毅然堅定的空氣。

然而在那裡的妙妙，已經不是在希臘小島的港口和我揮手告別的女人了。雖然那才不過是半年前的事，但她看來彷彿完全變了一個人似的。當然或許因爲髮色不同的關係吧。可是不只這樣。

簡直像只剩空殼子一樣——那是我對她感覺到的第一印象。妙妙的樣子，讓我想起人們一個個全離開之後的空房間。有什麼非常重要的東西（那像龍捲風般宿命性地強烈吸引小堇，並使在渡輪甲板上的我內心一陣動搖的什麼），已經在她身上最後終極性地消失了。留在那裡的最重要的意思不是存在，而是不在。不是生命的溫暖，而是記憶的寂靜。那頭髮的純粹的白，難以避免的，讓我想像到被歲月漂白的人骨的顏色。一時之間，我吸進去的空氣竟然無法好好吐出來。

妙妙所駕駛的 **Jaguar**，雖然在我所坐的計程車前面或後面移動著，但她卻沒留意到我就從近在她旁邊的地方注視著她。我也沒有刻意跟她打招呼。既不知道該說什麼好，而且反正 **Jaguar** 的車窗也閉得緊緊的。妙妙雙手放在方向盤上，背伸得筆直，集中精神在遠遠的前方風景。也許正在深思著什麼。也許正在側耳傾聽著汽車音響播出的『賦格的藝術』。從開始到結尾，她那雪一般嚴肅的表情始終沒有鬆懈，也幾乎沒有眨一下眼睛。紅燈終於轉爲綠燈，深藍色的 **Jaguar** 筆直地往青山方向前進，我所坐的計程車則留在那裡等著順序右轉。

我想我們現在都還這樣各自繼續活著。不管多深刻致命地失落過，不管多麼重要的東西從自己手中被奪走過，或者只剩外表一層皮還留著，其實已經徹底變成一個完全不同的人了，我們還是可以像這樣默默地過活下去。可以伸出手把一定限量的時間拉近來，再原樣把它往後送出去。把這當作日常的反覆作業——依情況的不同，有時甚至可以非常俐落。想到這裡我心情變得非常空虛。

她也許已經回日本來了，可是無論如何都沒辦法跟我聯絡。她也許寧可保持沉默，繼續擁抱記憶，甘願被埋沒在某個不知名的偏僻地方。我這樣想像。我無法責備妙妙。當然也不恨她。

當時我忽然想到的，是建在韓國北部山中小村的妙妙父親的銅像。我想像那裡的小廣場，成列低矮的房子，蓋滿灰塵的銅像。在那塊土地上總是吹著強風，所有的樹，都彎折扭曲到超現實的地步。不知道為什麼，但那銅像在我心中，與把手放在 **Jaguar** 方向盤上的妙妙的身影重疊在一起。

一切的事物，或許在某個遙遠的地方已經預先註定會悄悄喪失了，我想。至少以一個互相重疊的身影，他們擁有將要失去的安靜地方。我們只是一面活著，一面像把一條條細繩子拉近那樣，一一發現這些吻合而已。我閉上眼睛，試圖盡量再多想起一些在那裡的美好東西的樣子。試圖把那留在我手中。就算那只是保有短暫生命的東西也好。

我作夢。有時候那對我來說感覺彷彿是唯一做對的事似的。作夢，活在夢中的世界——就像小董所寫的那樣。但那並不持久。我總會醒過來。

我在半夜三點醒來，打開燈，坐起身，望著枕邊的電話機。想像在電話亭裡點起香煙，用按鍵按我電話號碼的小董身影。頭髮蓬鬆凌亂，穿著尺寸太大的男用杉綾織西裝外套，穿著左右不成對的襪子。她板著一張臉，偶爾被香煙嗆到。花了些時間才終於正確按完號碼。但她腦子裡塞滿了不能不跟我說的話。也許說到早晨都說不完之多。例如關於象徵和記號的不同。電話機看起來好像現在立刻就要響起來似的。但它並沒有響。我依然躺在那裡，一直凝視著繼續沉默的電話機。

不過有一次電話鈴響起來了。在我眼前真的響起來了。那震動著現實世界的空氣。我立刻拿起聽筒。

「喂。」

「我回來了。」小董說。非常酷地。非常真實地。「發生了好多大事，不過總算還是回來了。就像把荷馬史詩的〈奧德塞〉縮成50個字以內的縮短版那樣。」

「那很好。」我說。我還不太能相信。居然能聽見她的聲音。居然真的發生了。

「・・・・・・那很好？」小董（可能）皺起眉頭說。「你說什麼？我好不容易千辛萬苦得快流血的地步，輾轉搭乘各種交通工具，才回到這裡來——要一一說明簡直沒完沒了，你竟然只能說出這種程度的話嗎？我眼淚都快掉下來了。要是不好的話，我的立場到底會變成怎麼樣呢？『那很好』，我眞不敢相信，眞的。這麼溫馨的、充滿了不凡機智的台詞，你還是留下來給你班上剛學會雞兔算法的孩子好了。」

「妳現在在哪裡？」

「我現在在哪裡嗎？你想我會在哪裡？在以前那個令人懷念的古典電話亭裡呀。到處貼滿陰險金融公司和電話俱樂部的海報，不怎麼樣的正方形電話亭裡。天上掛著一輪色調像發霉一般的半月，地上散亂著香煙的煙蒂。四周轉著看一圈，也到處都看不見任何讓人心頭暖暖的東西。可以互換的，終究是記號性的電話亭。那麼，在什麼地方？現在不太清楚。一切都太記號性了。而且你也很清楚我對認地方幾乎是很笨的啊。我也無法用嘴巴適當說明。所以每次都被計程車司機罵『妳到底要去哪裡？』不過我想不太遠。我想大概相當近。」

「我去接妳。」

「如果你肯來接我，那我眞高興。等我查清楚地點，會再打一次電話。反正現在零錢也不太夠了。你等一等噢。」

「我好想見妳。」我說。

「我也好想見你。」她說。「不能見你以後，我就非常明白了。就像行星體貼地排列成一排一樣明確而順暢地了解。我眞的需要你。你既是我自己，我也是你自己。嘿，我想我在某個地方——某個莫名其妙的地方——不知道割了什麼的喉嚨了。磨快菜刀，帶著鐵石心腸。像在打造中國的城門時一般，象徵性地。我說的話你懂嗎？」

「我想我懂。」

「到這裡來接我吧。」

於是唐突地掛斷了電話。我手上還拿著聽筒，長久望著。聽筒這種物體本身好像是一種重要訊息似的。在那顏色和形狀中彷彿含有某種特別意思似的。然後我改變想法，把聽筒放回原位。繼續等著電話鈴再響一次。我靠著牆，把眼光焦點集中在眼前空間的一點上，慢慢繼續無聲的呼吸。繼續確認著時間和時間的銜接點。鈴聲依然還不響。沒有約定的沉默一直充滿著空間。但我不急。已經不需要再急了。我已經準備好了。我可以到任何地方去。

是嗎？

沒錯。

我下了床。把被太陽曬褪色的舊窗簾拉開，打開窗戶。並把頭伸出還暗暗的外面仰望天空。沒錯一輪好像發霉色調的半月正高掛在天空。這就好了。我們正看著同一個世界的同一個月亮。我們正確實地以一條線聯繫在現實上。我只要安靜地把那線繼續拉近就行了。

然後我把手指張開，注視著兩邊的手掌。我在上面尋找血跡。但並沒有血跡。沒有血的氣味，也沒有僵硬。那大概已經安靜地滲進什麼地方去了。

藍小說 922 村上春樹作品集

人造衛星情人

作　者—村上春樹
譯　者—賴明珠
主　編—鄭麗娥
編　輯—高桂萍
校　對—江韶文・賴明珠
董事長
總經理—趙政岷
總編輯—余宜芳
出版者—時報文化出版企業股份有限公司
10803台北市和平西路三段二四〇號三樓
發行專線—(〇二)二三〇六—六八四二
讀者服務專線—〇八〇〇—二三一—七〇五・(〇二)二三〇四—七一〇三
讀者服務傳眞—(〇二)二三〇四—六八五八
郵撥—一九三四四七二四　時報文化出版公司
信箱—台北郵政七九~九九信箱
時報悅讀網—http://www.readingtimes.com.tw
電子郵件信箱—liter@readingtimes.com.tw
印　刷—盈昌印刷事業股份有限公司
初版一刷—一九九九年十一月二十二日
初版十七刷—二〇一七年十月六日
定　價—新台幣二三〇元
版權代理—博達版權代理公司

時報文化出版公司成立於一九七五年，
並於一九九九年股票上櫃公開發行，於二〇〇八年脫離中時集團非屬旺中，
以「尊重智慧與創意的文化事業」爲信念。

Printed in Taiwan
ISBN 978-957-13-3006-X

國家圖書館出版品預行編目資料

人造衛星情人 / 村上春樹著 ; 賴明珠譯. --
初版. -- 臺北市: 時報文化, 1999 [民88]
面; 公分. --（藍小說 ; 922）（村上春樹作品集）
ISBN 978-957-13-3006-X（平裝）

861.57 88015358

珍藏

雋永難忘的經典電影

時報出版◆經典電影小說

經典的電影，令人永誌難忘；
雋永的原著，呈現出電影中未盡表達的弦外之音，
深刻的內在描繪，豐富的情感醞釀，賦予人更大的想像空間及更深刻的感受。

《辛德勒的名單》

——眞實歷史記錄改編而成，在浩劫年代拯救受壓迫種族的感人事蹟。

書中描述主角奧斯卡·辛德勒在第二次世界大戰中，成功地將猶太人自納粹手中救出的真實事蹟。這篇驚人的歷史記錄，是根據辛德勒所拯救的五十位生還者的訪談記錄，再加上辛德勒的朋友所提供的證言，與其本人的札記和信件，所做的完整呈現。作者利用了小說的技巧，生動地描繪出辛德勒這位德國樂天派、投機商人、魔法師等曖昧且多面的性格。而在所有事件的記載中，卻又儘量避免虛構化，使得這本小說具有非常高的歷史價值。相信，這樣一本精采的小說，一定能帶給您全新的震撼，同時，更可體會到戰爭的殘酷與人情的溫暖。

湯瑪斯·肯納利◎著
彭倩文◎譯
大師名作坊AA21
定價390元

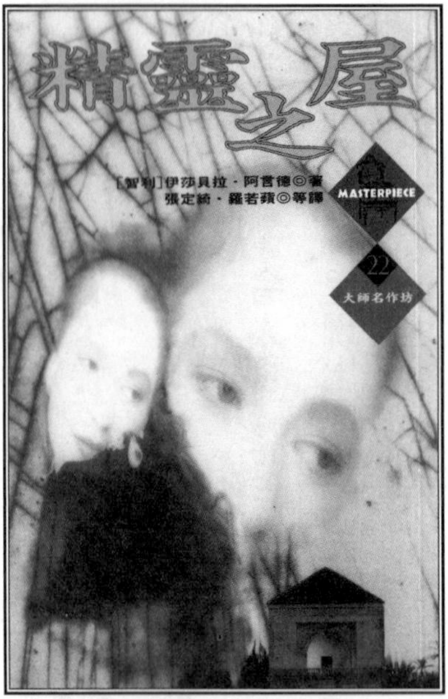

《精靈之屋》

——曾改編成電影《金色豪門》一片，由影后梅莉史翠普、影帝傑瑞米艾朗等人領銜主演。

克萊拉的童年就在自家的圍牆裡度過，在這可怕的回憶和看似無聲的寂靜之中，時光已悄然流逝。這個世界裡，時間不能用日曆或時鐘記錄，每一件東西都有自己的生命，幽靈坐在桌上，與活人交談，過去與未來結合成一整體，現實世界猶如多面鏡子組合而成的萬花筒，任何事在這裡都可能發生……

伊莎貝拉・阿言德◎著

張定綺・羅若蘋等◎譯

大師名作坊AA22

定價350元

《蜘蛛女之吻》

——一部深度探討人性與死亡的小說，由本書改編的小說、電影、舞台劇，曾獲奧斯卡、坎城影展及東尼獎各項大獎。

《蜘蛛女之吻》中的蜘蛛女，她不以我們無法體認的異次元形態出現，卻仍能保留令人讚嘆的美麗與智慧。她無須藉著殘食男性來完成自我，而是與書中的二位同性戀主角結為一體。書中藉由二位在黯黑牢房裡的人犯看似隨興、未加設計的對話，將故事翔實的描寫交織於話語之中，讓一個個劇中的電影故事，都能跳脫出牢獄場景的幽鬱陰濕，呈現出繽紛色彩。

馬努葉・普易◎著

紀大偉◎譯

大師名作坊AA25

定價280元

《鐵面人》

——新生代最佳偶像演員李奧納多・迪卡皮歐繼《鐵達尼號》之後，又一刷新票房巨作。

揭開法國有史以來最大的宮廷祕密，一對孿生兄弟，一個是位高權重的法國國王，另一個卻淪為巴斯底監獄的鐵面人囚犯……鐵面人到底是誰？自從十七世紀有人瞥見這個神祕人物後，這個問題就一直困擾著無數好奇的人們，到了一九九〇年代一場學術研討會中，再度探討這名囚犯的真實身分為何，而這個祕密已延燒三個世紀之久……

大仲馬◎著

魚子・何明亮◎改寫

藍小說AI37

定價180元

《瓶中信》

——高居《紐約時代雜誌》暢銷書排行榜，全球熱賣900,000冊以上。

對蓋瑞特這個寫信的男人來說，瓶中信是唯一讓他表達對亡妻永恆愛意的方式，而對泰瑞莎來說，因丈夫不忠而對愛情灰心的她，卻由這封裝在瓶中的信件勾起了許多疑問。在懸疑與激情之中，《瓶中信》帶領讀者進入一個男人與他記憶中的世界，目睹令人心碎的脆弱與愛情偉大的力量，是一本關於偶然、慾望與生命重要抉擇的小說。

尼可拉斯・史派克◎著

林說俐◎譯

藍小說AI47

定價220元

《大老婆俱樂部》

——創下美國電影史上聖誕節檔期前賣座突破一億美元以上佳績。

三個被棄前妻所組成的新女性自救團體，俱樂部的座右銘是「我們不憤怒，我們討回公道。」以高手過招的反攻行動，打敗庸俗現實的前夫，是全世界女性非看不可的馴夫兵法。

奧莉薇．葛斯密◎著
林培堅◎譯
藍小說AI28
定價240元

《麥迪遜之橋》

——長期高居《紐約時報》暢銷書排行榜冠軍。轟動美日，暢銷全球6,000,000冊，十餘種語言版本。

一位是多年習於農村生活的家庭煮婦，一位是旅居世界各地進行拍攝工作的雜誌攝影記者，僅僅四天的相處，在古老的黃昏、遙遠的音樂之神祕氛圍中，一場超越時空的熱戀就這樣展開了……

羅伯．J．華勒◎著
吳美真◎譯
藍小說AI 6
定價140元

《夜訪吸血鬼》

——吸血鬼大師安．萊絲首部精華作品，湯姆．克魯斯領銜主演。

在某個殘破的樓房，少年記者無意間採訪到俊美的吸血鬼，隨著訪問的進行，逐次揭露一個沉暗狂迷的世界，告解了自十八世紀末至一九七六年間關於吸血鬼愛慾糾纏的情節，為一部超越人類思考模式及價值觀的大師之作。

安．萊絲◎著
張慧英◎譯
藍小說AI12
定價280元

編號：AI 922	書名：人造衛星情人
姓名：	性別：＿＿＿＿ 1.男　2.女
出生日期：　年　月　日	身份證字號：

＿＿＿＿ **學歷：** 1.小學　2.國中　3.高中　4.大專　5.研究所（含以上）

＿＿＿＿ **職業：** 1.學生　2.公務（含軍警）　3.家管　4.服務　5.金融
6.製造　7.資訊　8.大眾傳播　9.自由業　10.農漁牧
11.退休　12.其他

地址： ＿＿＿＿＿ 縣（市）＿＿＿＿＿ 鄉鎮區 ＿＿＿＿＿ 村 ＿＿＿＿＿ 里
＿＿＿＿ 鄰 ＿＿＿＿＿ 路（街）＿＿＿ 段 ＿＿＿ 巷 ＿＿＿ 弄 ＿＿＿ 號 ＿＿＿ 樓

郵遞區號 ＿＿＿＿＿＿＿

（下列資料請以數字填在每題前之空格處）

＿＿＿＿ **您從哪裡得知本書／**
1.書店　2.報紙廣告　3.報紙專欄　4.雜誌廣告　5.親友介紹
6.DM廣告傳單　7.其他 ＿＿＿＿

＿＿＿＿ **您希望我們爲您出版哪一類的作品／**
1.長篇小說　2.中、短篇小說　3.詩　4.戲劇　5.其他 ＿＿＿＿

您對本書的意見／
＿＿＿＿ 內　　容／1.滿意　2.尚可　3.應改進
＿＿＿＿ 編　　輯／1.滿意　2.尚可　3.應改進
＿＿＿＿ 封面設計／1.滿意　2.尚可　3.應改進
＿＿＿＿ 校　　對／1.滿意　2.尚可　3.應改進
＿＿＿＿ 翻　　譯／1.滿意　2.尚可　3.應改進
＿＿＿＿ 定　　價／1.偏低　2.適中　3.偏高

您的建議／

請沿虛線摺下裝訂，謝謝！

廣　告　回　信
台北郵局登記證
台北廣字第2218號

時報出版
CHINA TIMES PUBLISHING COMPANY
尊重智慧與創意的文化事業

地址：10803台北市和平西路三段240號3樓
讀者服務專線：0800-231-705・(02)2304-7103
讀者服務傳真：(02)2304-6858
郵撥：19344724 時報文化出版公司

請寄回這張服務卡（免貼郵票），您可以——

- 隨時收到最新消息。
- 參加專為您設計的各項回饋優惠活動。

無限馳騁藍色想像空間——無國界的小說新地帶。

藍小說

揮發感性筆觸：捕捉流行語調—迷藍的、海藍的、灰藍的……

寄回本卡，掌握藍小說系列的最新訊息

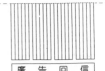